高等院校艺术设计专业基础教程

环境艺术设计手绘表现技法

王宝桥　孔　舜◎编著

清华大学出版社
北　京

内 容 简 介

本书从手绘工具、绘画材料、手绘表现的基础技法入手，图文并茂地讲解了手绘表现的重点内容，逐一对手绘技法表现过程中的难点进行分步解析，整合了多种手绘表现技法案例，并进行了深入详细的讲解。对于从事环境艺术设计、建筑设计等相关专业的学生来讲，手绘表现形式能够有效地促进设计思维的拓展及设计语言的形成，在专业课教学中起着承上启下的重要作用。

本书为环境艺术、建筑设计类学生精心选择了优秀的手绘表现技法案例，对其设计思维的拓展具有特别重要的意义，也是培养学生“手脑一体”的重要途径。读者通过本书既可以领略和掌握环境艺术设计手绘表现的精要，提高手绘表现能力，又能使手绘表现设计达到得心应手的境界。

本书可以为建筑园林设计、城市规划设计、环境艺术等专业人士的实用指导书，也可作为普通高等院校相关专业的教学参考书。

图书在版编目（CIP）数据

环境艺术设计手绘表现技法/王宝桥，孔舜编著. —北京：清华大学出版社，2011.6
（高等院校艺术设计专业基础教程）

ISBN 978-7-302-24998-6

I. ①环…　II. ①王…　②孔…　III. ①环境设计-技法（美术）-高等学校-教材　IV. ①TU-856

中国版本图书馆 CIP 数据核字（2011）第 028275 号

责任编辑：杜长清
封面设计：刘　超
版式设计：文森时代
责任校对：张彩凤
责任印制：王秀菊
出版发行：清华大学出版社　　地　址：北京清华大学学研大厦 A 座
http://www.tup.com.cn　　邮　编：100084
社 总 机：010-62770175　　邮　购：010-62786544
投稿与读者服务：010-62776969，c-service@tup.tsinghua.edu.cn
质 量 反 馈：010-62772015，zhiliang@tup.tsinghua.edu.cn
印 刷 者：北京鑫丰华彩印有限公司
装 订 者：三河市新茂装订有限公司
经　销：全国新华书店
开　本：185×260　印　张：10　字　数：225 千字
版　次：2011 年 6 月第 1 版　　印　次：2011 年 6 月第 1 次印刷
印　数：1～4000
定　价：38.00 元

产品编号：041725-01

丛书编委会

前言

PREFACE

本书是为普通高等院校环境艺术设计类专业编写的教材，是在参阅了多种同类教材的基础上，充分考虑学生的实际状况，结合企业的人才需求编写而成的。

手绘表现以其旺盛的生命力在艺术设计中具有极其重要的地位和作用，几乎所有设计和创造发明都始于带有特定感情色彩的徒手绘画表现。对于从事环境艺术设计、建筑设计的人员来讲，手绘表现是向对方传达设计意图的特殊语言，是物化设计蓝图的有效手段。尤其是在设计方案创作初期推敲阶段，手绘表现形式促进了设计思维的不断开发，形成独特的设计语言。手绘表现技法与传统意义上的绘画技法有所不同，既能准确地表达设计思想，又能推敲绘制施工图纸，并应用于施工建造之中，但又有别于工程制图，它带有表现图的艺术特性。

本书在编写过程中使用了大量的设计方案，着重阐述了环境艺术设计手绘表现的原理和画法步骤，全书共 6 章。第 1 章介绍环境艺术设计手绘表现技法的基本概念，使学生了解手绘表现在环境艺术设计流程中的地位和作用，并基本掌握环境艺术设计手绘表现的特点和学习要点；第 2 章阐述了环境艺术设计手绘表现的透视技法及表现图的透视原理，包括一点透视、两点透视和三点透视的应用；第 3 章阐述了环境艺术设计手绘表现的工具及分类，包括单色铅笔、钢笔、彩色铅笔、马克笔和钢笔淡彩、水彩、水粉的画法步骤；第 4 章分别介绍了不同材料在不同环境中的表现方法以及常用手绘表现工具的特点；第 5 章介绍了手绘表现设计在建筑外部空间效果设计中的应用以及环境景观设计的表现依据、分析问题、提出解决问题方案；第 6 章展示了环境艺术设计手绘表现在景观开发计划中应用的优秀案例。

本书试图将手绘表现的特点与企业项目设计要求特点相结合，使手绘表现课程目标与企业用人标准相统一，成为学生通向设计师殿堂的金钥匙。

王宏榜

CONTENTS

第1章　环境艺术设计手绘表现概述

什么是环境艺术设计手绘、环境艺术设计手绘的类型及发展趋势

1.1 什么是环境艺术设计手绘

环境艺术设计手绘是运用现代绘画工具和媒介材料，徒手绘制设计草图和效果图的一种手段，它将设计师的构思主题、思维内涵、意图意境以一种绘画形式表现在二维的画面上，使设计主题和意境具有三维的视觉效果，是为建筑装饰的实施与制作提供依据的一种设计表现形式。

与计算机效果图辅助设计相比，手绘效果图更能彰显设计师的个性，更为人性化，更具自然、洒脱、灵活的表现力，如图 1-1 所示。

从 20 世纪 80 年代开始，国内环境艺术设计学科得到了较快的发展，随之，手绘技法显现出其表现的潜能，它在环境艺术项目设计中，比计算机辅助三维软件制作的效果图更为人性化，设计者将“景”与“情”融为一体，使设计更为丰富，成为众多设计公司的新宠。手绘语言演绎出自由的设计思维，轻松、洒脱、自如。设计师们总会不失时机地输入情感，表现自我修养和情调，烘托设计主题。因此，环境艺术设计手绘被广泛运用于环境工程设计招标、效果图设计展示等领域。

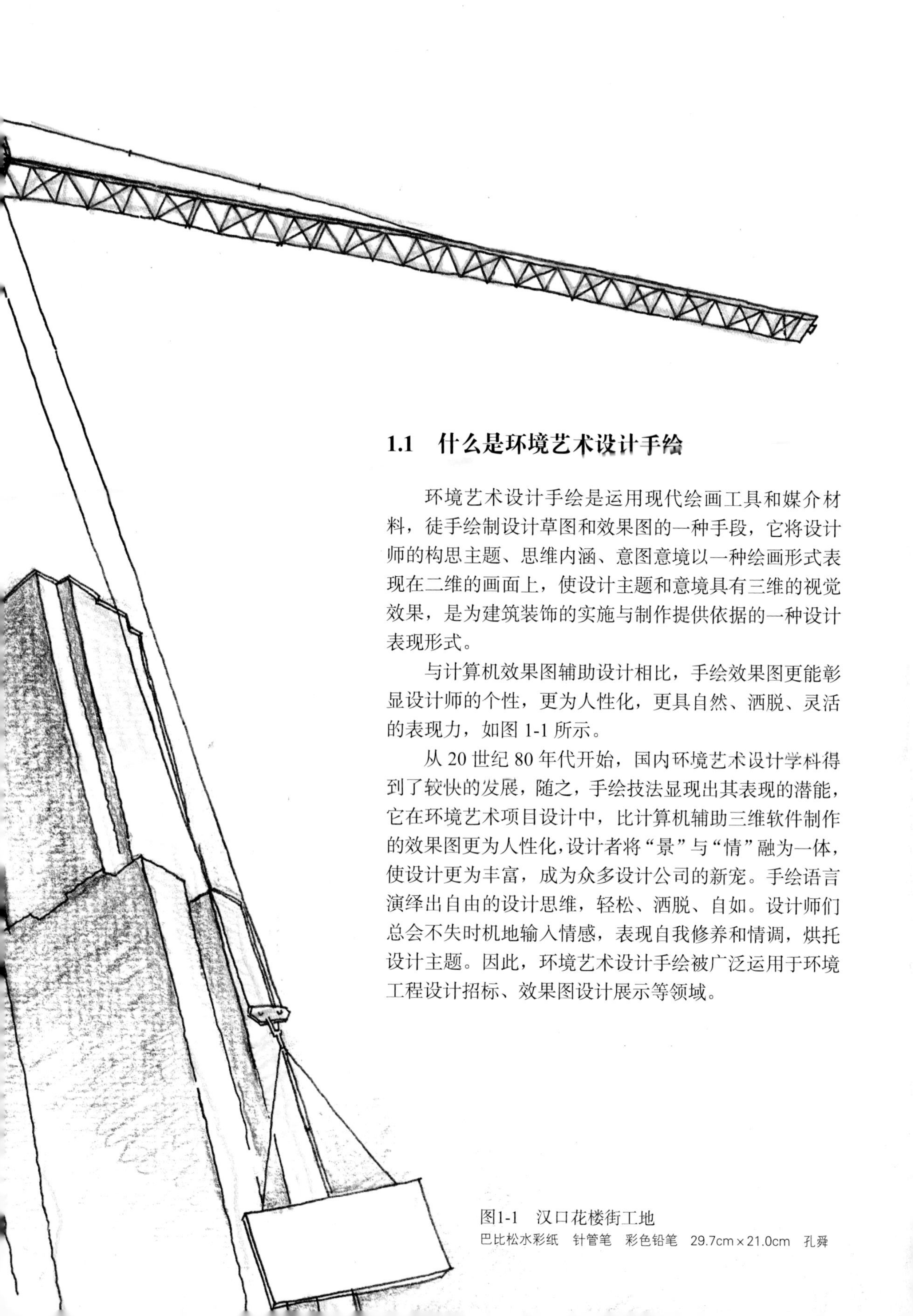

图1-1 汉口花楼街工地
巴比松水彩纸 针管笔 彩色铅笔 29.7cm×21.0cm 孔舜

1.2 环境艺术设计手绘的类型

传统的手绘效果图以线稿为主，可分为白描与写意两种方式。这两种线稿方式经过发展，先后衍生出钢笔淡彩、彩色铅笔、马克笔、水粉等多种色彩渲染表现类型。

图 1-2 运用钢笔白描表现技法，使用简洁的线条，恰到好处地表现了西式建筑的厚重和体量感。利用线条的疏密变化来区分该建筑物的层次关系，细节刻画虚虚实实，具有轻松愉快的节奏感。

图1-2 汉口江汉路步行街 巴比松水彩纸 钢笔 21.0cm×29.7cm 孔舜

图 1-3 运用粗犷果敢的笔触，以写意风格表现了随意洒脱的个性。画面利用了局部的“放”和整体的“收”的原则和技巧，以彩色铅笔与马克笔互相交替使用，体现出古镇的静与动、神秘与浪漫的韵味。

图1-3　古镇街景　绘图纸　针管笔　彩色铅笔　马克笔　30.0cm × 28.0cm　高绪

1.3　环境艺术设计手绘的发展趋势

传统的手绘效果图主要服务于工程制图，随着计算机软件技术的迅速发展，手绘表现已经从工程竞标效果图的拟真图改变为工程前期方案图的推敲之用。在设计工程项目中，计算机效果图以其制作速度快、视觉效果逼真等优点逐渐取代了传统的手绘效果图，但也有其局限性，如画面效果千篇一律、形体结构制式化，亲和力欠佳。而手绘效果图正好弥补了计算机效果图的缺陷，这为手绘效果图提供了无限的生存空间，如图 1-4 和图 1-5 所示。

手绘表现职能的转变，也使得手绘表现要求的着重点由写实拟真发展到草拟构架。设计师能将更多的时间专注于推敲方案，使得手绘表现具有更大的发展空间。

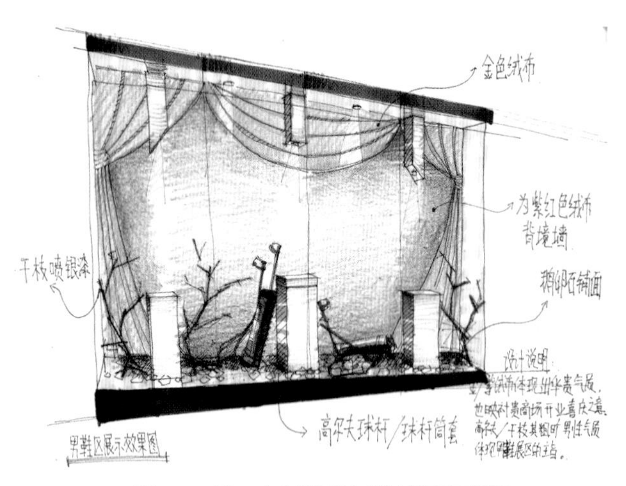

图1-4　汉口大兴路银河鞋城橱窗草图
草图纸　针管笔　孔舜

图1-5　汉口大兴路银河鞋城橱窗
许健　吴一珉　孔舜

如图 1-6 和图 1-7 所示，从初步草图到最终正稿的设计过程不难看出，画面线条流畅，富有韵律感，青石板路富有节奏感和序列的美感，在公共设施和植物配景的细节层次上的点缀达到了“破”的妙用，在细节上强调层次的变化，使环境空间舒缓轻松，体现了节奏与韵律之美。以精简的线条为主要表现手段，形成简约而不简单的设计风格。

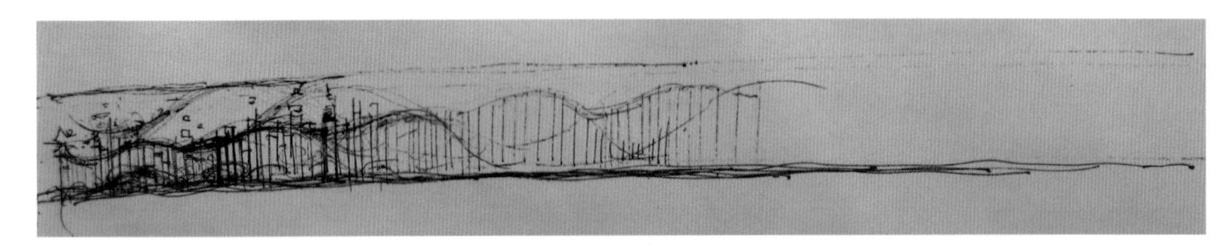

图1-6　西安环城公园概念设计草图　草图纸　针管笔　高绪

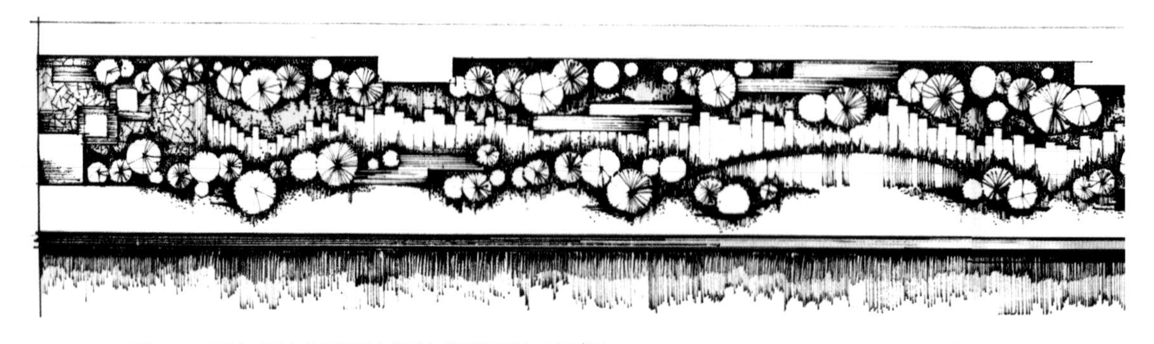

图1-7　西安环城公园概念设计总平面图（局部）绘图纸　针管笔　29.7cm × 12.0cm　高绪　孔舜

如图 1-8 和图 1-9 所示，西安环城公园广场以中华民族权利的象征——印章为设计元素，表现了该广场的尊贵、神秘感。“印”缓缓开启，暗喻公园新篇章的开始，传达出古城的历史文化内涵（注：西安环城公园绕古城墙而建，与周边环境保持协调统一）。该园在文昌门至和平门段，对周边造园具有承接的作用。公园利用象征权利的印章进行设计，成为主题公园设计的看点和序列设计的主角，传达了西安所特有的古文化的皇权气息，表达了掀开新篇章的寓意，在园与门之间形成一个承接的呼应关系，给人以意犹未尽的感觉。

图1-8　西安环城公园概念设计草图　草图纸　针管笔　高绪

图1-9　西安环城公园概念设计序曲效果图　绘图纸　针管笔　马克笔　42.70cm × 29.7cm　高绪

“无限”主题公园的设计灵感缘于“太极无限”，将太极图拉长变形来表达道教的神秘色彩，画面以黄色调为主，体现了西安古城春华秋实的晨韵，抽象且夸张地表现“无限”灵感，如图 1-10 和图 1-11 所示。

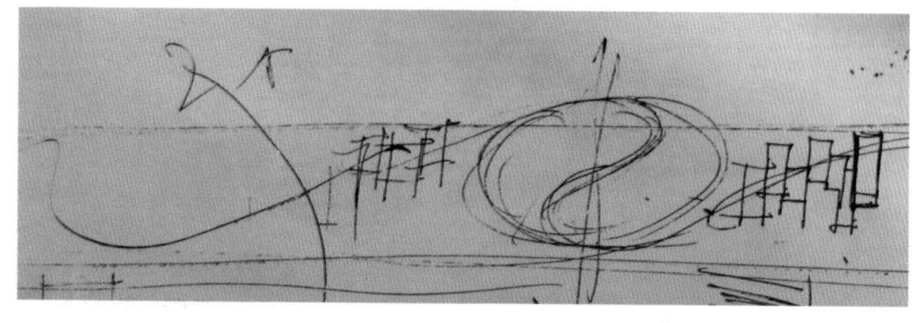

图1-10　西安环城公园概念设计无限草图　草图纸　针管笔　高绪

图1-11　西安环城公园概念设计无限效果图　绘图纸　针管笔　马克笔　42.70cm×29.7cm　高绪

如图 1-12 所示为某小区入口景观设计草图，其中包含花岗岩贴片、字体浮雕、诗词、水生植物、叠水（水中可有小动物雕塑浮在水面）等元素。在整体环境中墙体浮雕与地面堆砌山体连为一体，在浮雕、墙面砖饰雕塑和地面雕塑之间形成相呼应关系，避免了单调感。

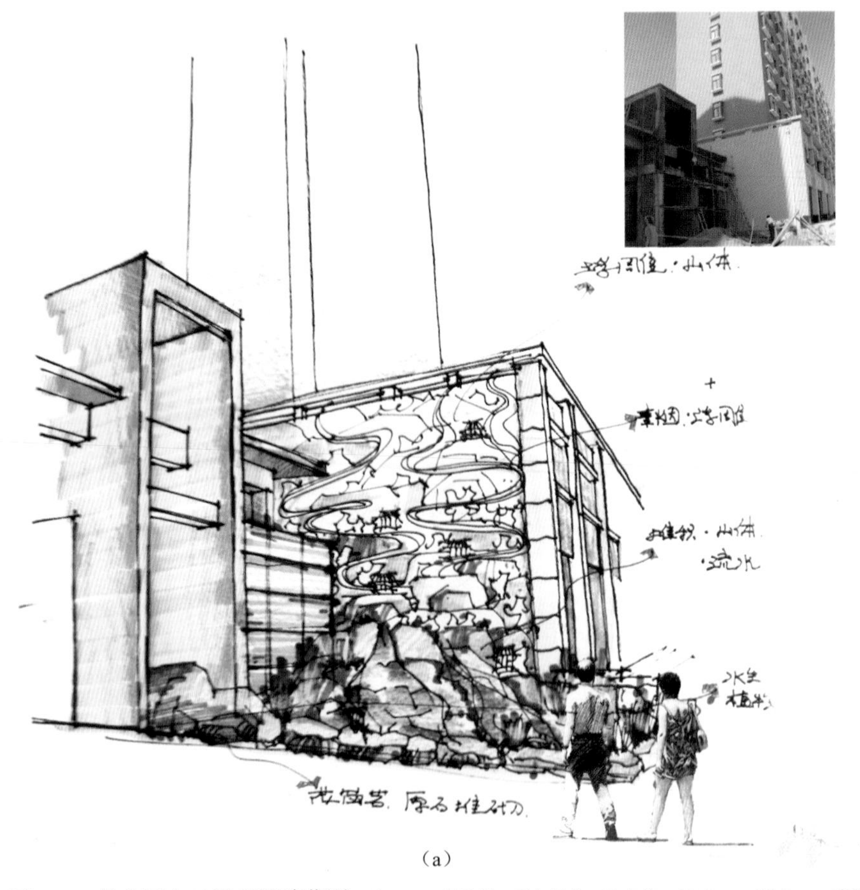

（a）

图1-12　某小区入口景观设计草图　绘图纸　针管笔　彩色铅笔　马克笔　42.0cm×29.7cm　高绪

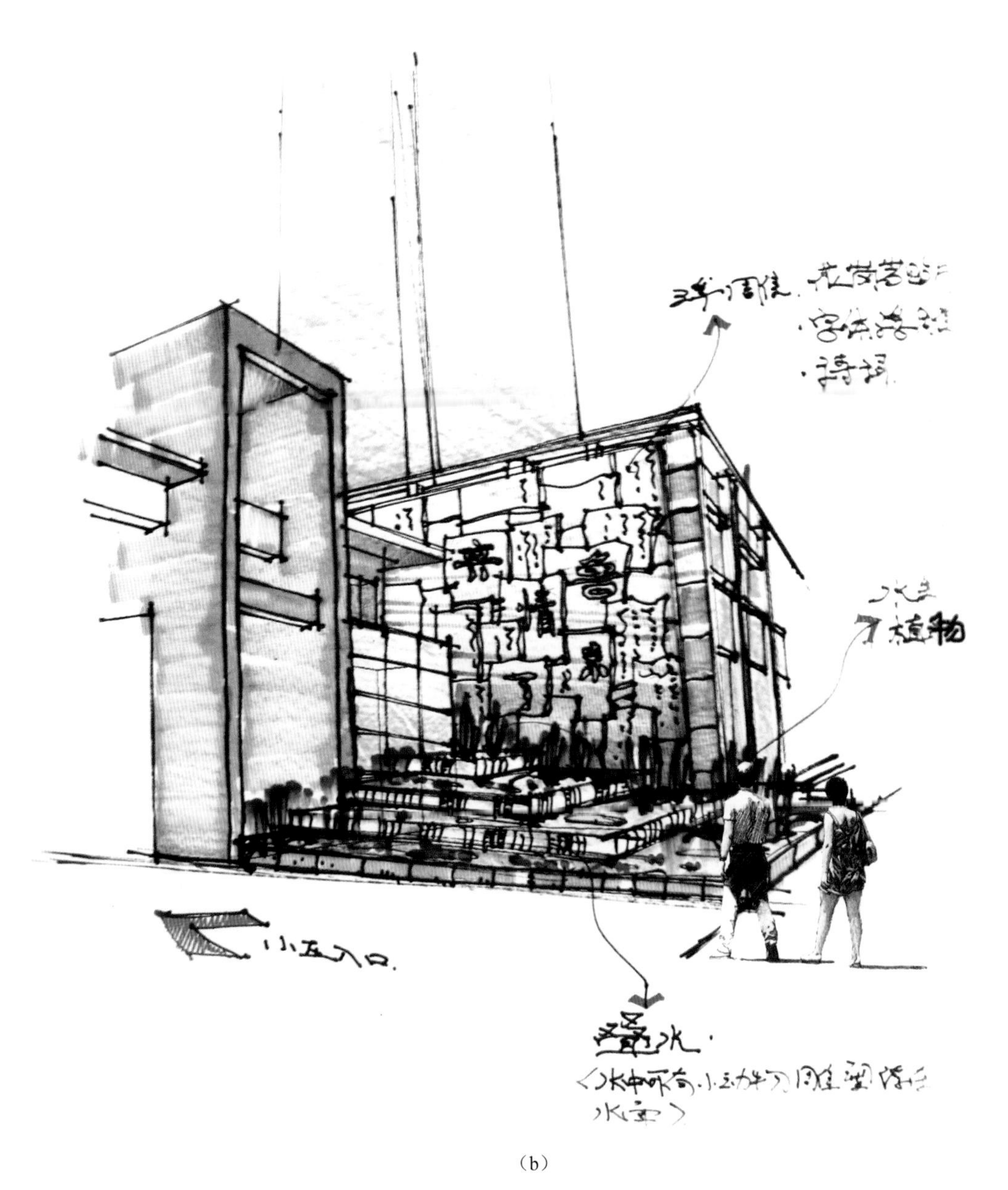

（b）

图1-12　某小区入口景观设计草图（续）　绘图纸　针管笔　彩色铅笔　马克笔　42.0cm × 29.7cm　高绪

图 1-13 以富有韵律感的线条勾画出室内环境，并辅以简洁明了的材质说明。图 1-14 ～图 1-16 以冷、暖两色渲染出了不同的材质效果和环境氛围（计算机辅助设计图效果如图 1-17 所示）。

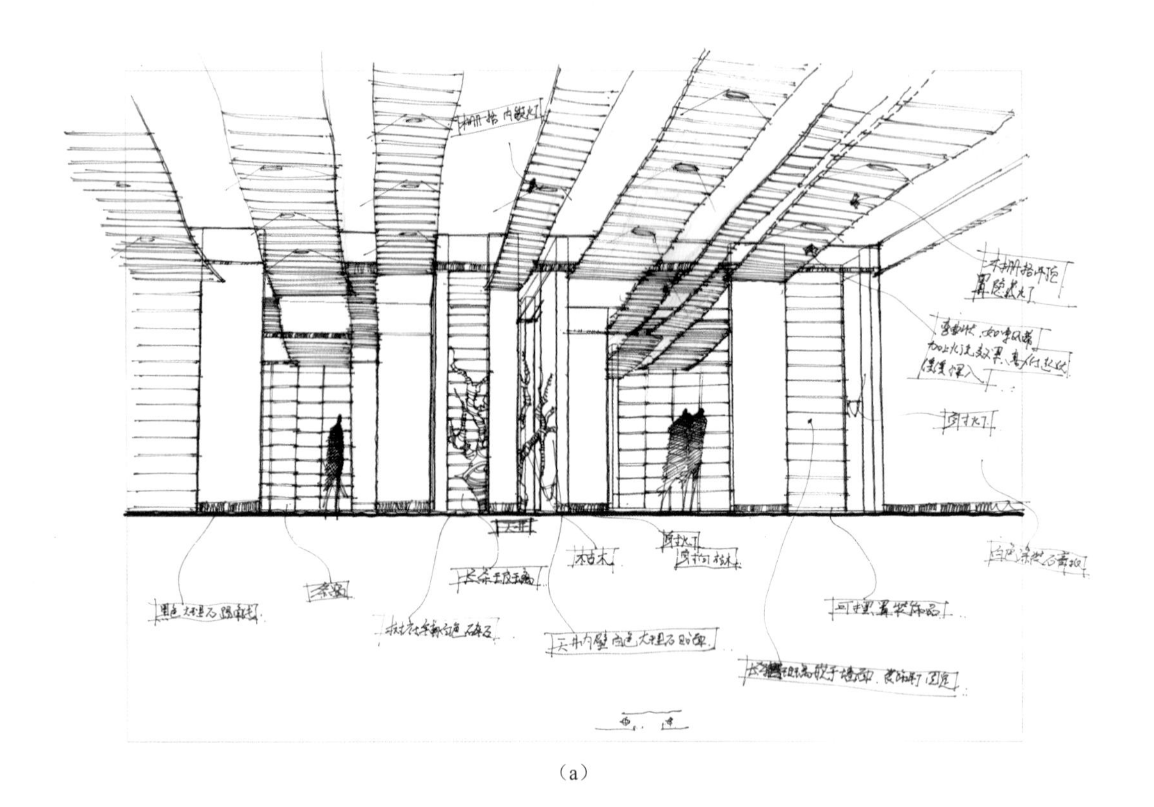

（a）

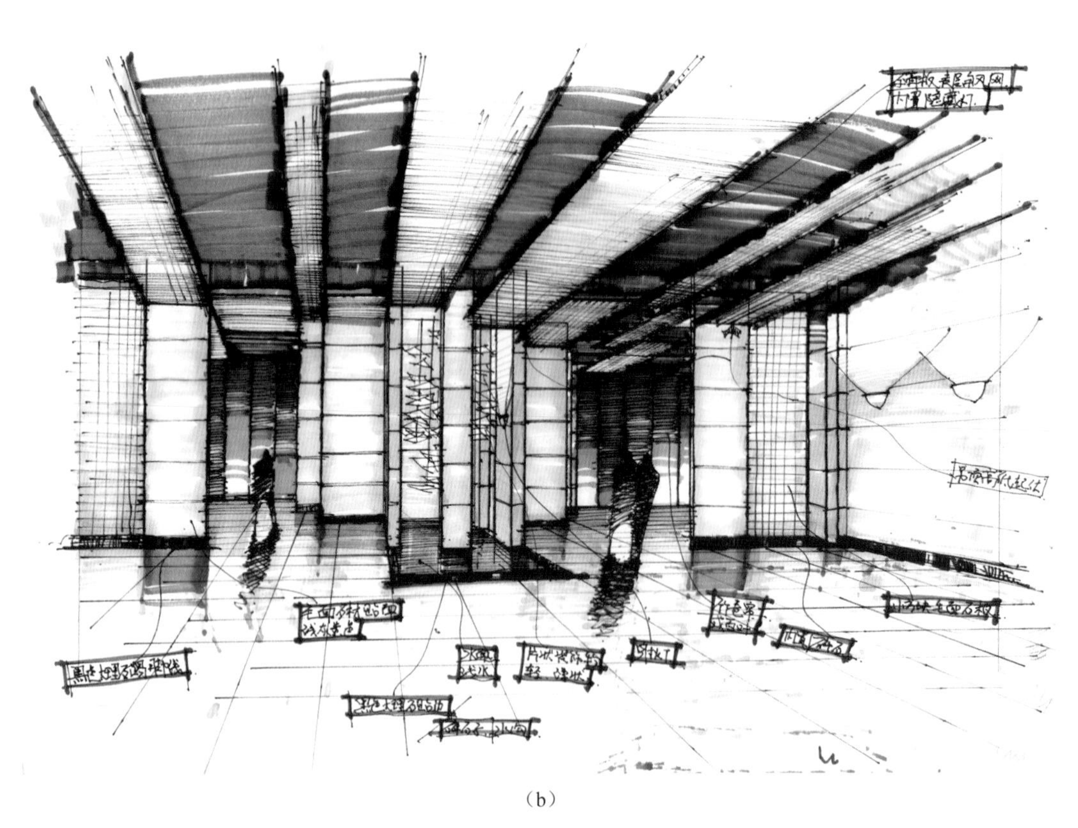

（b）

图1-13　建筑室内设计草图上色稿　绘图纸　针管笔　彩色铅笔　马克笔　42.0cm × 29.7cm　高绪

（c）

图1-13　建筑室内设计草图上色稿（续）　绘图纸　针管笔　彩色铅笔　马克笔　42.0cm×29.7cm　高绪

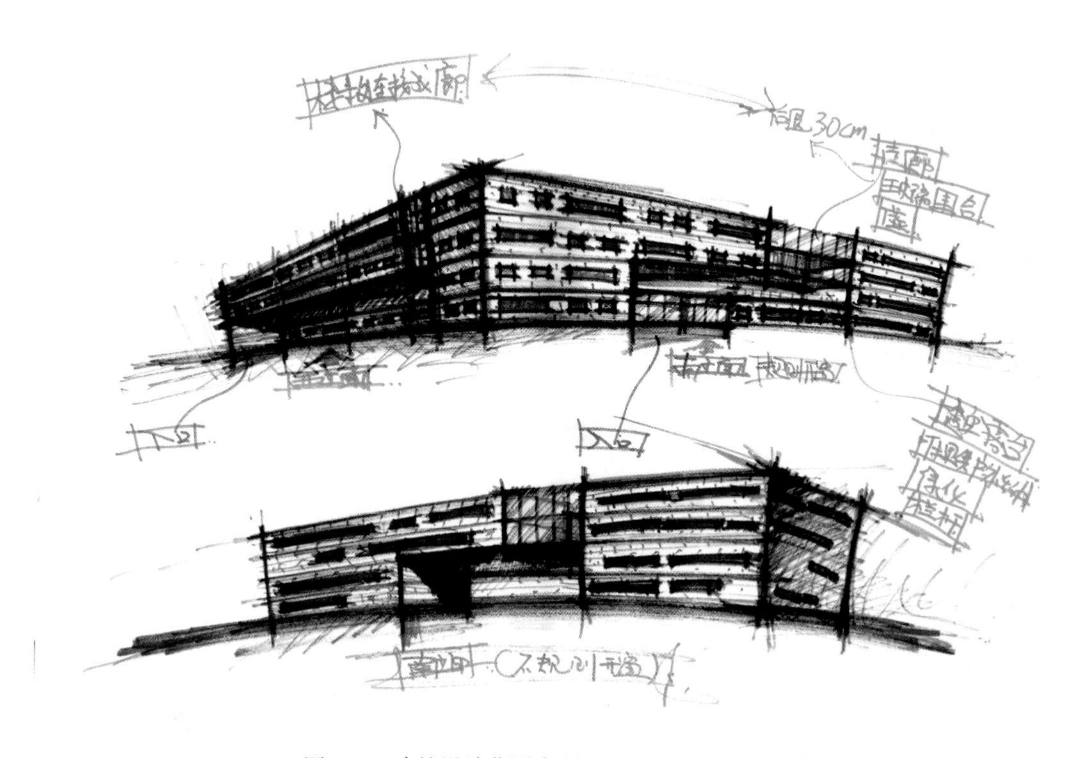

图1-14　建筑设计草图表现1　绘图纸　炭笔　高绪

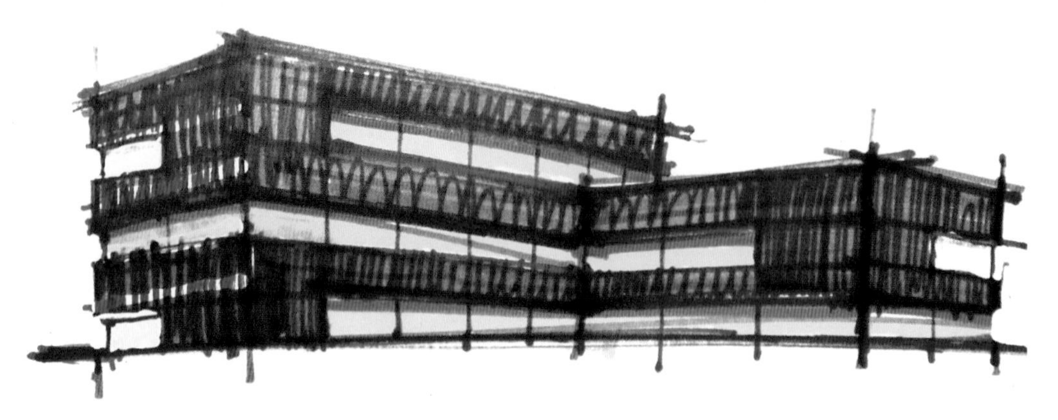

图1-15 建筑设计草图表现2 绘图纸 针管笔 马克笔 高绪

图1-16 建筑设计草图表现3 绘图纸 针管笔 马克笔 高绪

图1-17 建筑设计表现——计算机辅助设计效果图 高绪

第 2 章　环境艺术设计手绘透视制图法

环境艺术设计手绘透视的类型及其制图步骤

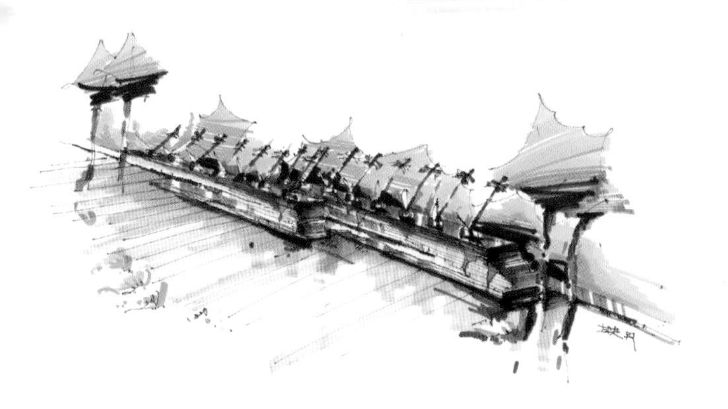

2.1 环境艺术设计手绘透视的类型

可见物体在光的作用下将形体轮廓反映到人的眼睛，使人感觉到物体的位置、方向、体量、材质的存在，并可依据判断和感知将其表现在画面上，如果正确地表达物体的空间关系，就会产生近大远小、近实远虚的现象，这就是物体的空间透视关系。透视规律是从事手绘表现设计应掌握的基本透视原理，它将帮助我们正确地表现描绘对象。

1. 透视的视觉角度

（1）仰视图：视平线在对象物体的下方如图 2-1（a）所示。

（2）平视图：视平线在对象物体的中部如图 2-1（b）所示。

（3）俯视图：视平线在对象物体的上方如图 2-1（c）所示。

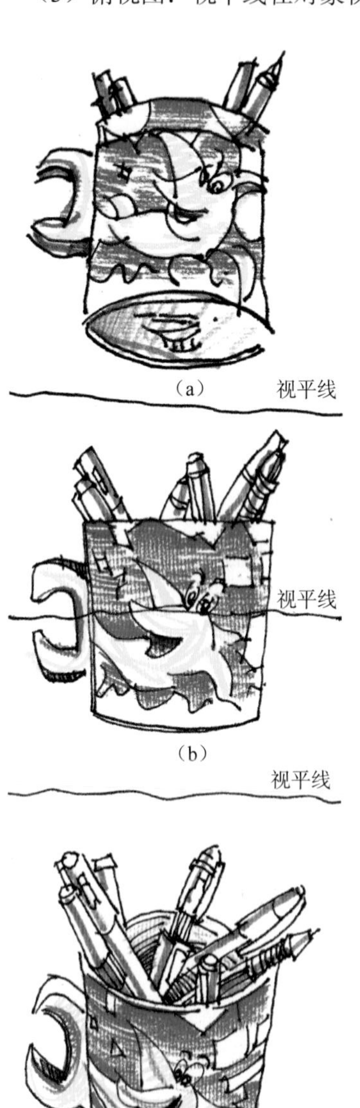

图2-1 透视的视觉角度

2. 一点透视

一点透视即平行透视，它所涉及的表现范围较广，有较强的纵深感，适合表现庄重、严肃的空间环境，是环境艺术设计手绘表现图最为常用的表现形式，如图 2-2（a）所示。其缺点是若处理不当，会比较呆板。

一点透视的主要特征有：

（1）在画面内只有一个消失点。

（2）水平线永远保持水平，只产生远近和长短变化。

（3）垂直线永远保持垂直，只产生远近和长短变化。

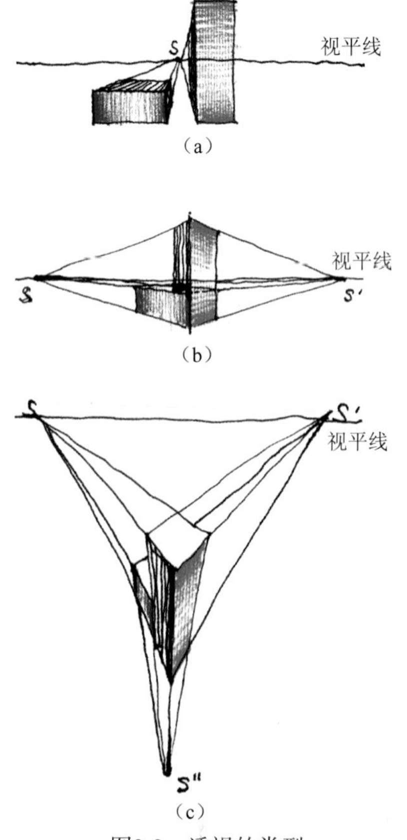

图2-2 透视的类型

3. 二点透视

二点透视即成角透视，其画面效果比较自由活泼，反映空间接近人类视觉上的真实感觉，如图 2-2（b）所示。其弊端是若消失点的选位不当，使空间透视产生偏差变形和失真感。

二点透视的主要特征有：

（1）在画面内有两个消失点，且消失于同一视平线。

（2）垂直线永远保持垂直。

（3）透视所成角度的和为 90°。

4. 三点透视

当处于离建筑物较近的位置，随着视点低位和高位的不同，必须仰视或俯视建筑物时，垂直于地面的那一组平行线的透视也产生一个消失点，这就产生了 3 个消失点。这种透视在仰视角度的时候多被用来表现高大雄伟的建筑物；在俯视角度的时候多被用来表现规模宏大的城市规划、建筑群及小区住宅等，如图 2-2（c）所示。

三点透视的主要特征有：

（1）有 3 个消失点。

（2）视点离对象比较近。

（3）在仰视或俯视建筑物时都会出现三点透视。

5. 环艺表现中的实际运用

（1）街景道路为一点透视图，如图 2-3（a）所示。

（2）街景建筑为二点透视图，如图 2-3（b）所示。

（3）街景工地为三点透视仰视图，如图 2-3（c）所示。

（4）街景建筑群为三点透视俯视图，如图 2-3（d）所示。

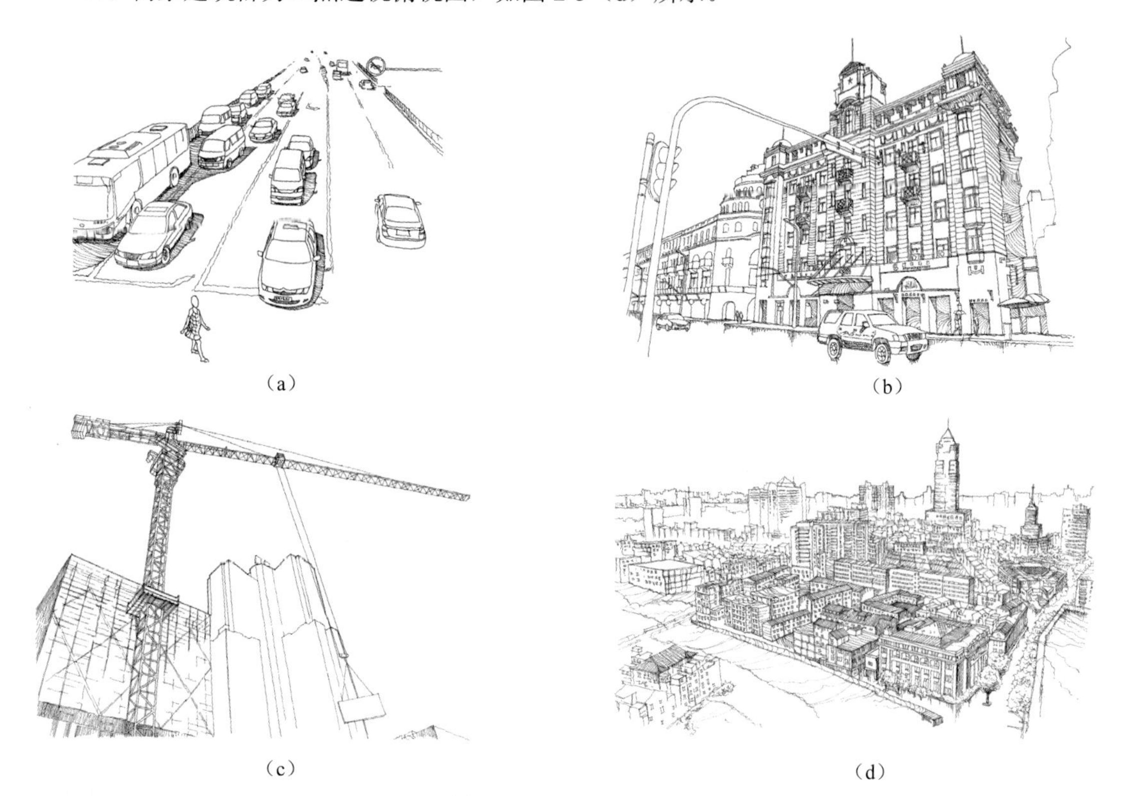

（a）　（b）　（c）　（d）

图2-3　透视图的实际运用

2.2 环境艺术设计手绘透视的制图步骤

下面将介绍环境艺术设计手绘透视的制图步骤，如图 2-4 所示。

1. 绘图程序

绘图程序分为草图的绘制和正稿的绘制。

（1）草图绘制流程：准备工作→分析建筑与环境→透视方法与角度确定→绘制铅笔草图稿。

（2）正稿绘制流程：绘制钢笔墨线正稿→选择表现技法→绘制表现图→后期校正→装裱。

图2-4 制图步骤

2. 绘制步骤

绘制步骤主要分为以下 4 步：

（1）徒手在草图铅笔稿上用针管笔或钢笔勾画出墨线稿，通过线条的疏密拉开主体与背景的关系，以粗线条勾画物体外轮廓，以内部细线条表现细节。

（2）勾线完成后即可上色，根据表现对象可选择马克笔、彩色铅笔、油画棒、粉彩、水彩、水粉和透明水色等工具和材料。着色时，从上到下、从左至右或先背景、后主体，同时要注意留白，由浅至深画出界面大的色彩关系，同时考虑色彩叠加后的色彩变化。

（3）进一步深化。建筑与环境表现应先深入刻画主题建筑细节；室内表现将家具、陈设及造型细化，明确表现空间物体的质感，同时强调物体的光影与转折关系。

（4）进入最后调整，用白色高光笔或修正液画出高光，强调好画面色彩关系的整体性。

第 3 章　环境艺术设计手绘表现工具与技法分类

手绘工具，硬笔画、水彩、水粉、马克笔以及彩色铅笔技法

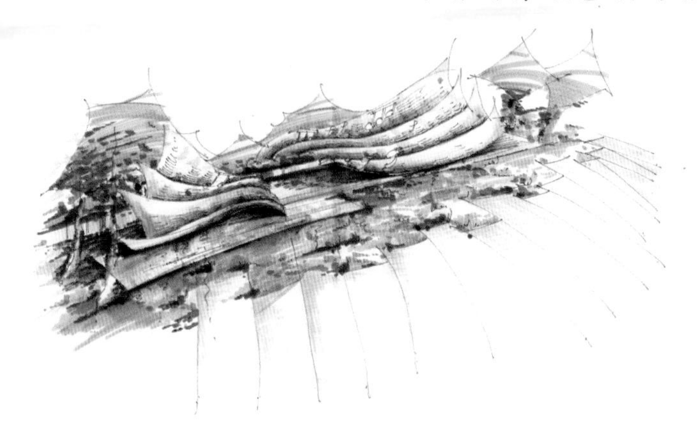

3.1 环境艺术设计手绘表现工具

近年来，随着环境艺术设计专业的发展，其绘图工具类型也更加丰富及细化（如图 3-1 所示），从而使设计意图、方案能够得到充分的表现。针对不同的对象选择表现工具及手法，可大大提高工作效率（如图 3-2 所示）。本节对常用工具进行了分类介绍，便于读者理解和研究。

图3-1 环境艺术设计手绘绘图工具

图3-2 环境艺术设计绘图工具选择

环境艺术手绘表现方式可分为钢笔表现、马克笔表现、彩色铅笔表现、水彩和透明水色表现、水粉表现、油画棒和色粉笔综合工具表现等。在众多的表现方式中寻求一种既方便又快捷的表达方式完成设计意图，才是明智之举。

1. 笔类

（1）勾线笔类：包括木质绘图铅笔、自动铅笔、钢笔、美工钢笔、一次性油性针管笔和灌装墨水针管笔，如图 3-3 所示。

木质绘图铅笔

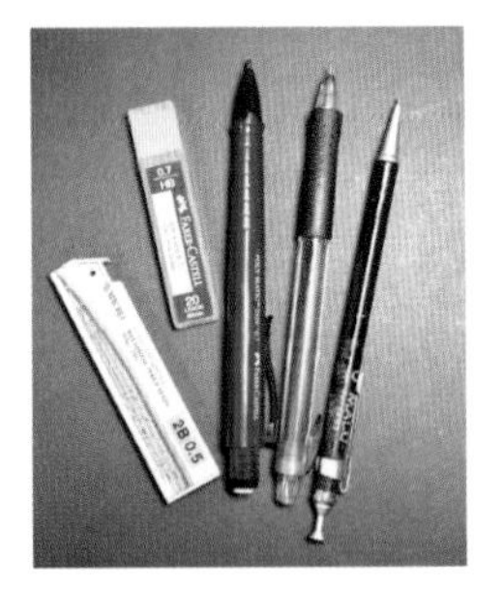

自动铅笔、笔芯

钢笔、黑色碳素墨水

美工钢笔、碳素墨水

一次性油性针管笔

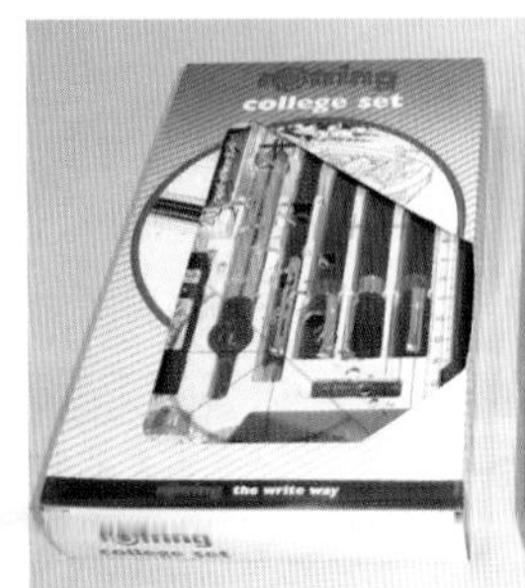

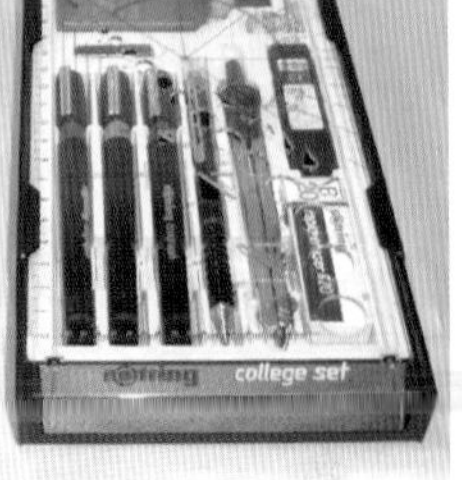

灌装墨水针管笔

图3-3　勾线笔

（2）着色笔类：包括水溶性 / 油性彩色铅笔、酒精 / 油性马克笔、油画棒、色粉笔、水彩笔、水粉笔、羊毛板刷、狼 / 羊毫勾线毛笔、白色油漆笔和白色修正液等，如图 3-4 所示。

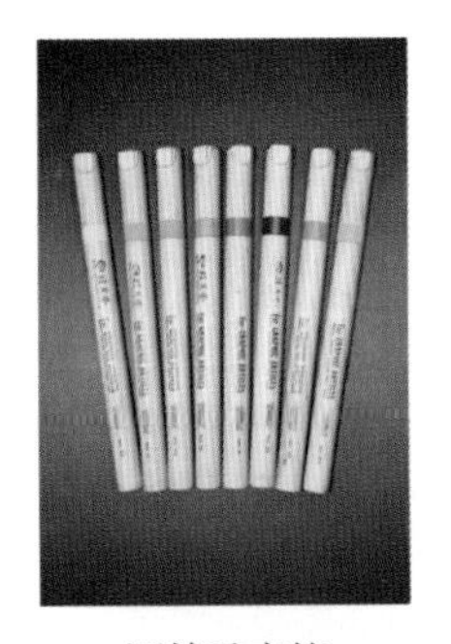

酒精马克笔

油性马克笔（1）

油性马克笔（2）

水溶性 / 油性彩色铅笔

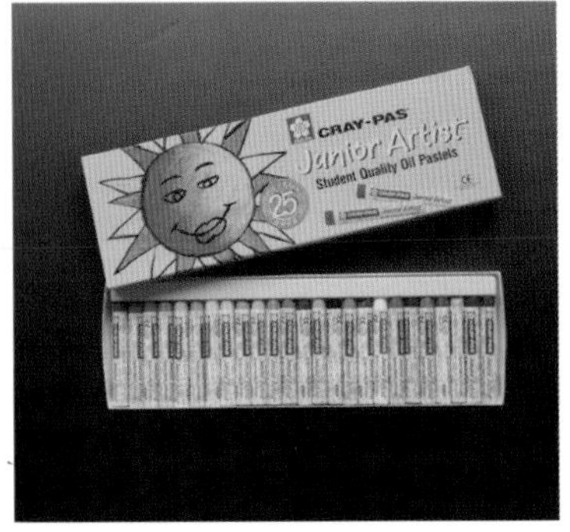

油画棒

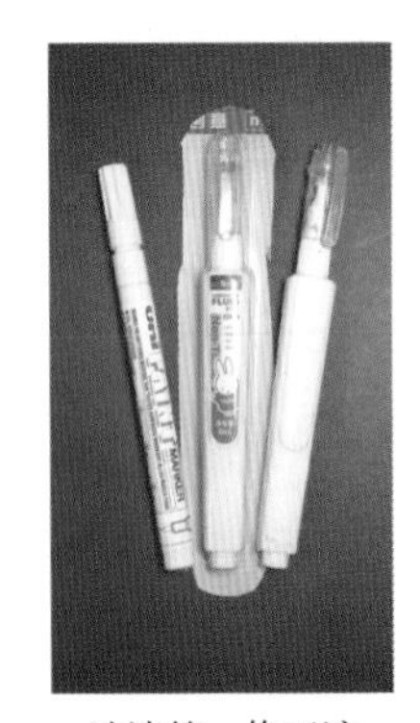

油漆笔、修正液

图3-4　着色笔

色粉笔

水粉 / 水彩笔

狼毫、羊毫毛笔

图3-4　着色笔（续）

2. 水质颜料类

水质颜料包括水粉颜料、水彩颜料和丙烯颜料等，如图 3-5 所示。

水粉颜料

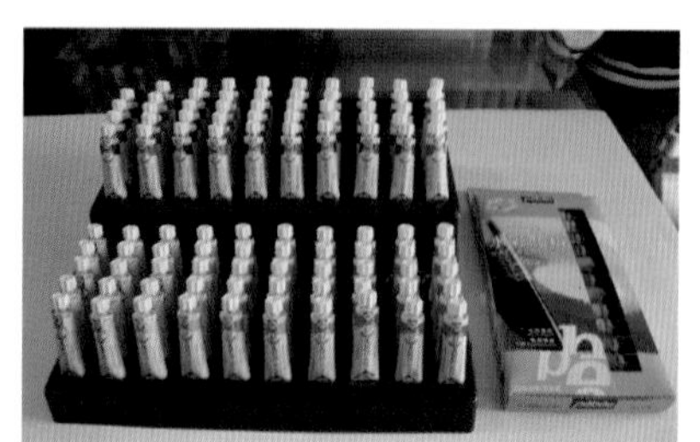

水彩颜料

丙烯颜料

图3-5　水质颜料

3. 辅助工具类

辅助工具包括三角尺、直尺、比例尺、丁字尺、曲线板、各种模板、调色盒、水桶、美工刀、2B/4B 橡皮擦、胶带、画板、画袋、折叠椅、松节油、酒精和脱脂棉等，如图 3-6 所示。

各种尺类

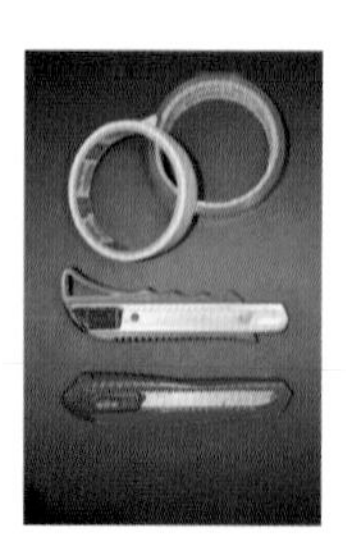

美工刀、胶带

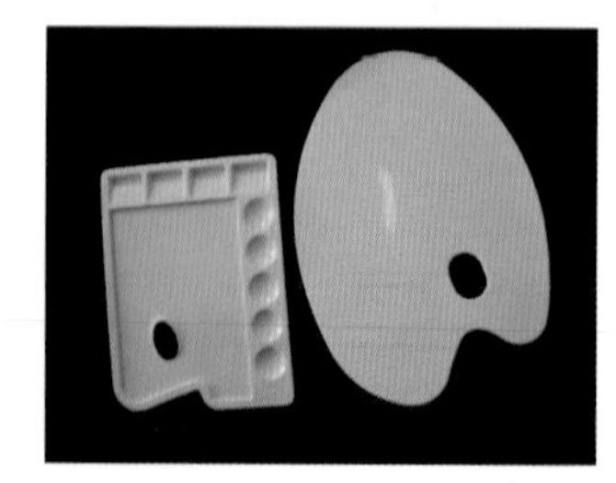

调色盘

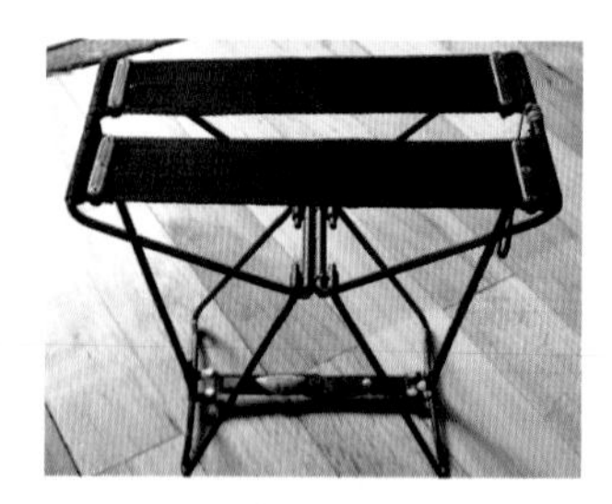

折叠椅

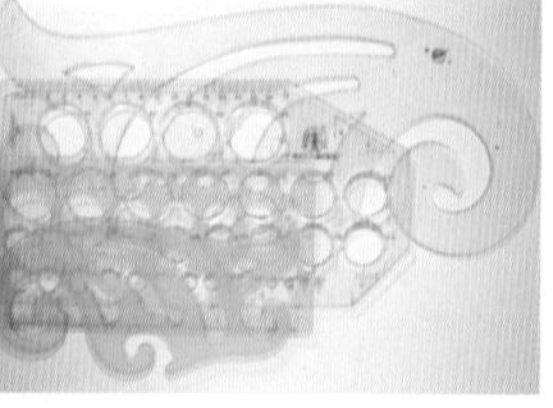

水桶、曲线板、模板

画板、画袋

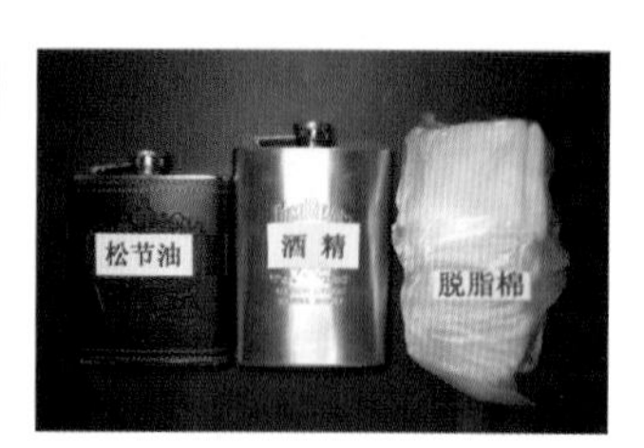

松节油、酒精、脱脂棉

图3-6　辅助工具

4. 纸类

手绘用纸包括绘图纸、巴比松水彩纸、保定水彩纸、素描纸、水粉纸、有色卡纸、硫酸纸和布纹纸等，如图 3-7 所示。

各种纸类

速写本

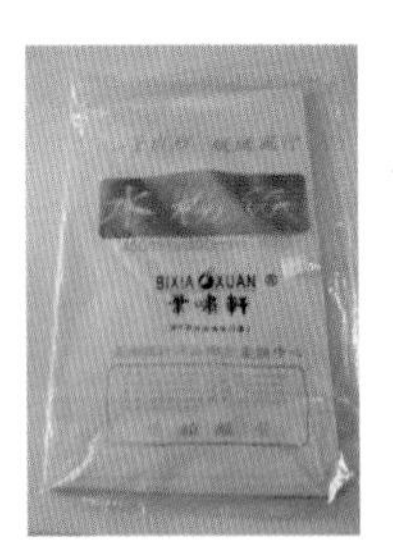
水粉纸

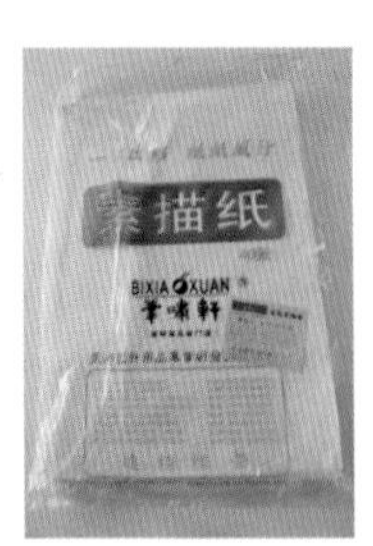

素描纸

图3-7　手绘用纸

3.2　环境艺术设计手绘表现钢笔技法

1. 环境艺术设计手绘钢笔画技法概述

钢笔表现技法对于从事环境艺术设计、建筑设计等相关专业的设计工作者来讲，是向社会大众传达设计语言、表现设计意图的最直接有效的手段。尤其是在方案创作的初期推敲阶段，钢笔线稿简洁且概括的表现形式，促进了设计思维的拓展及设计语言的形成。

在环境艺术设计领域里，使用钢笔来表现空间环境比较普遍。钢笔墨线稿作为后期着色骨架线条的底稿，其形体结构的严谨性及透视的准确性，直接影响到最终画面的效果。

钢笔画以特细勾线钢笔、美工钢笔、一次性油性针管笔、灌装墨水针管笔等为绘图工具，应根据不同的场合进行相应选择。对于小画幅的快速表现，可用美工钢笔、一次性油性针管笔进行徒手描绘；对于大画幅的写实表现，可用特细勾线钢笔、灌装墨水针管笔和尺规辅助深入刻画，再利用线条的粗细和疏密变化进行叠加、组合，来表现空间环境、形体材质与光影变化。

钢笔和灌装墨水针管笔的线条，因使用墨水，后期着色容易被马克笔、水彩等溶剂所溶解，使线稿冲散，影响画面效果。因此，如考虑后期以溶剂类工具着色的线稿，应使用一次性油性针管笔进行描绘。一次性油性针管笔使用的是专用油性墨水，不会被马克笔、水彩等溶剂所溶解，可在纸上直接绘出线稿后再上色。

2. 环境艺术设计手绘钢笔画技法的特点与类型

（1）主要特点。

① 环境艺术设计手绘表现的钢笔画中，只有黑和白两个对比强烈的基本色调。

② 环境艺术设计手绘表现的钢笔画中没有灰色调，中间色调靠线条的粗细和疏密来表现。

③ 画面中多运用简洁的线条来概括地表现对象，以整体效果为主，细节层次为辅。

（2）主要类型。

在表现空间环境时，必须先考虑刻画对象的个性，再决定用笔的方法与技巧，以达到和谐统一。

① 在对象的光影关系比较统一时，用线描的方法来勾画建筑物的内外轮廓，类似于国画的白描画法。

② 在对象的光影关系对比强烈时，强调空间光影转折变化，用粗放、强烈的线条排列来表现。

③ 在对象比较强调材质关系时，用比较细腻、工整的线条来刻画，采用写实画法。

3. 环境艺术设计手绘钢笔画技法的线条表现

线条是环境艺术设计手绘钢笔画技法中最基本的表现语言。线条之间进行叠加与组合，用笔力度的均匀程度不同，将产生不同性质的线条，线条的曲直、长短和虚实可表达作者的情感和意境。

优秀的环境艺术设计手绘钢笔画，需要由准确的透视、合理的构图、流畅的笔法组成。钢笔绘画中，笔触的排列与组合，是学习环境艺术设计手绘技法的难点。由于钢笔画是通过细腻的线条组成明暗调子表现绘画对象，因而难于用它来作大幅的表现图。

绘画纸张表面太粗糙、有纹理会挂触笔尖；纸张表面太光滑，则吸水性能差，墨水的干燥控制时间会有诸多不便。所以应该选用质地密实的纸张，确保绘画线条的流畅。

4. 环境艺术设计手绘钢笔画实例

环境艺术设计手绘纲笔画实例如图 3-8 ～图 3-12 所示。

图3-8　汉口江汉路步行街　巴比松水彩纸　钢笔　29.7cm×21.0cm　孔舜

图3-9　汉口江汉路民众乐园　巴比松水彩纸　钢笔　孔舜

图3-10　汉口南京路路口　巴比松水彩纸　钢笔　孔舜

图3-11　汉口江汉路天桥　巴比松水彩纸　钢笔　29.7cm×21.0cm　孔舜

图3-12　汉口花楼街工地　巴比松水彩纸　钢笔　29.7cm×21.0cm　孔舜

3.3　环境艺术设计手绘表现水彩/水粉技法

1. 颜料性质

水彩具有透明、淡雅细腻、色调明快的特点，色彩渲染层次丰富，笔触接近自然；水粉表现力强，色彩饱和厚重、不透明，有较强的覆盖力，用色的干湿、厚薄能产生不同的艺术效果。

2. 水彩、水粉渲染所需的工具与材料

水彩、水粉渲染所需的工具与材料主要包括：

（1）水彩、水粉颜料如图 3-13（a）所示。

（2）水彩、水粉画笔如图 3-13（b）所示。

（3）水彩、水粉用纸。

（4）水彩、水粉调色盒和调色碟、水桶。

3. 水彩、水粉的渲染技法

水彩的渲染技法可分为以下 3 种。

（1）叠加法：待前一遍颜色稍干后再加第二遍颜色，适当表现光的投影和面的变化。

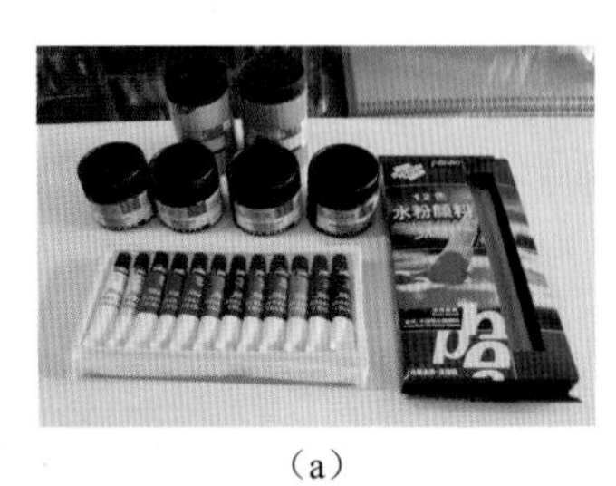

（a）

（b）

图3-13　水彩/水粉颜料和笔

（2）退晕法：在调配水彩、水粉颜料时，通过对水分的控制达到色彩渐变效果。

（3）平涂法：调配多种颜色的水彩、水粉颜料，大面积均匀着色，运笔速度一致，不留笔触。

水彩的渲染如图 3-14 所示。

（a）在线稿的基础上用淡彩画出建筑、路面、环境

（b）刻画中心区域的主体建筑环境和道路上形形色色的人物

图3-14　水彩的渲染——汉口江汉路街景　保定水彩纸　针管笔　水彩　29.7cm×21.0cm　孔舜

（c）细化近景人物、路面和灯柱等，以拉开画面的空间感

（d）用渐变退晕法逐步刻画出路面的延伸感

（e）深入刻画中心区域主体建筑的光影关系以及体积感

（f）调整画面整体色调，用白色油漆笔点出高光面，最终完稿

图3-14　水彩的渲染——汉口江汉路街景（续）　保定水彩纸　针管笔　水彩　29.7cm×21.0cm　孔舜

水粉的渲染如图 3-15 所示。

（a）水粉写生用概括的笔触画出建筑的透视、形体比例及周边环境的大体关系

（b）刻画中心区域的主体建筑环境与小河、树木的静态和动态关系

（c）刻画中心区域的主体建筑与天空、小河、树木的大体关系

（d）刻画中心区域的主体建筑与天空、小河、树木的色彩关系

（e）细化建筑及近景植物、水面等，以拉开画面的空间感。调整画面整体色调，用明度高的同类色点出各物体的高光面，最终完稿

图3-15　水粉的渲染——古镇水景　水粉纸　水粉　王宝桥

3.4 环境艺术设计手绘表现彩色铅笔/马克笔技法

1. 彩色铅笔表现技法

（1）彩色铅笔表现的优势。

彩色铅笔可细腻地表现对象色彩，颗粒附着力较强且不易擦脏，便于长久保存。

（2）彩色铅笔的缺点。

① 彩色铅笔颜色较淡雅，与马克笔、水彩等溶剂类工具刻画的画面色彩基调相比，难以达到高饱和度。

② 对于低明度且深色调的画面，很难深入刻画，画幅也不宜过大。

（3）彩色铅笔的种类。

彩色铅笔可分为油性和水溶性两种，如图 3-16 所示。

① 油性彩色铅笔：颗粒细腻，上色均匀，可用脱脂棉蘸松节油加以渲染，效果浓郁。

② 水溶性彩色铅笔：颗粒较细腻，上色均匀，可用水笔或酒精加以渲染，效果清新。

（4）基本表现手法。

① 平涂排线法：运用彩色铅笔均匀排列出铅笔线条，达到色彩一致的效果。

② 叠彩法：运用彩色铅笔排列出不同色彩的铅笔线条，色彩可重叠使用，变化较丰富。

③ 退晕法：利用水溶性彩色铅笔溶于水的特点、油性彩色铅笔溶于松节油的特点，将线条与溶剂融合，达到退晕效果。

（a）

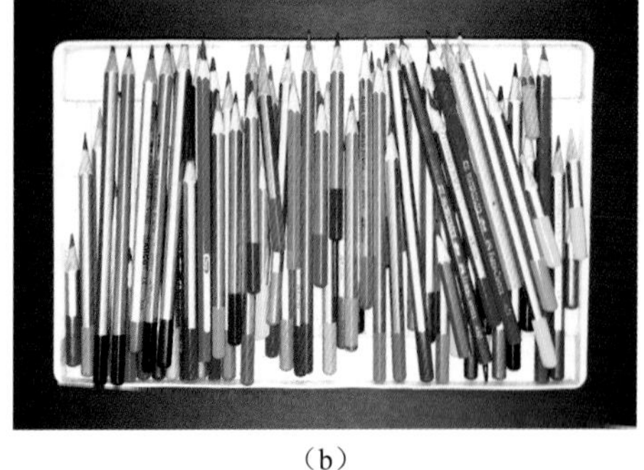

（b）

图3-16　油性/水溶性彩色铅笔

2. 马克笔表现技法

（1）马克笔的起源。

“二战”后，美国工厂码头用于标记货物的几种单调颜色的“箱头笔”，逐渐演化为今天色彩丰富的马克笔。

（2）马克笔的种类。

马克笔分为水性和油性两种，如图 3-17 所示。

① 水性马克笔：酒精溶剂，色泽较深。

② 油性马克笔：二甲苯溶剂，色泽艳丽。

（3）马克笔的表现手法。

① 并置法：运用马克笔并列排出线条。

② 重置法：运用马克笔组合同类色色彩，排出线条。

③ 叠彩法：运用马克笔组合不同色彩，达到色彩变化，排出线条。

酒精马克笔

油性马克笔（1）

油性马克笔（2）

图3-17　水性/油性马克笔

3.5　环境艺术设计手绘表现综合技法实例

环境艺术设计手绘表现综合技法实例如图 3-18 ～图 3-21 所示。

图3-18　汉口江汉路天桥　巴比松水彩纸　针管笔　彩色铅笔　马克笔　29.7cm×21.0cm　孔舜

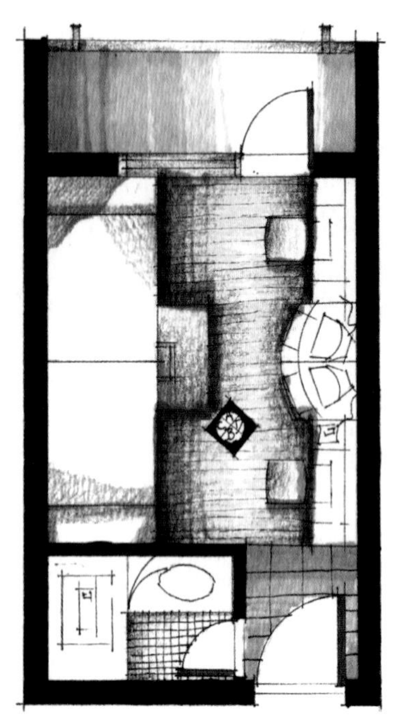

图3-19　室内设计表现1
保定水彩纸　针管笔　彩色铅笔　马克笔　孔舜

图3-20　室内设计表现2
保定水彩纸　针管笔　彩色铅笔　马克笔　孔舜

图3-21　室内设计表现3
保定水彩纸　针管笔　彩色铅笔　马克笔　孔舜

第 4 章　环境艺术设计手绘建筑内部空间表现

建筑内部空间材料质感表现、建筑内部区域空间分类表现

4.1　建筑内部空间材料质感表现

4.1.1　实木地板和瓷砖表现

实木地板和瓷砖地面因材质不同，在所处的空间环境里，受不同方位和时间段的光源照射，给人不同的视觉感受，大体有高光洁度与哑光效果之分。利用马克笔、彩色铅笔等不同性质的工具，可以平涂、叠加、退晕等方法表现不同质感的地面，高光洁度的地面可强调周围环境色对地面的影响；哑光效果的地面，应注意刻画瓷砖自身材质效果，用色要薄，高光处留白以透白纸底色表现地面反光的效果，如图 4-1 ～图 4-4 所示。

图4-1　室内设计表现
保定水彩纸　针管笔　彩色铅笔　马克笔　孔舜

图4-2　室内空间设计表现
保定水彩纸　针管笔　彩色铅笔　马克笔　孔舜

图4-3　大厅一角
保定水彩纸　针管笔　马克笔　蔡文正

图4-4　景观小品
绘图纸　针管笔　彩色铅笔　马克笔　黄亚栋

4.1.2　金属质感表现

金属材料质地坚实，表面光洁度较高，有较强的反射光线的能力，视觉冲击力较强。金属表面呈现出的光感几乎是一面暗一面亮的强烈对比效果。物体受光面的高光接近白色，中间区域显示灰度的固有色；过渡面具有镜面反射的效果，反映周围空间的环境投影；明暗交界面则是接近黑色的深灰色，受物体的转折关系影响，产生不同的深浅效果。金属质感的表现方法如图 4-5 和图 4-6 所示。

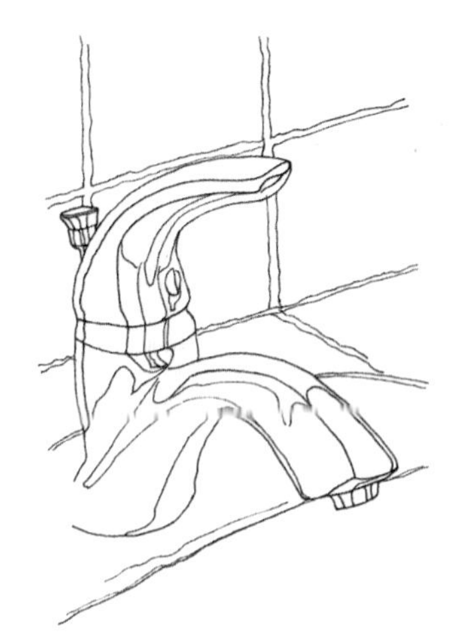

（a）画出水龙头的外轮廓和环境线稿，以及内部受光面、固有色面、环境色面线稿

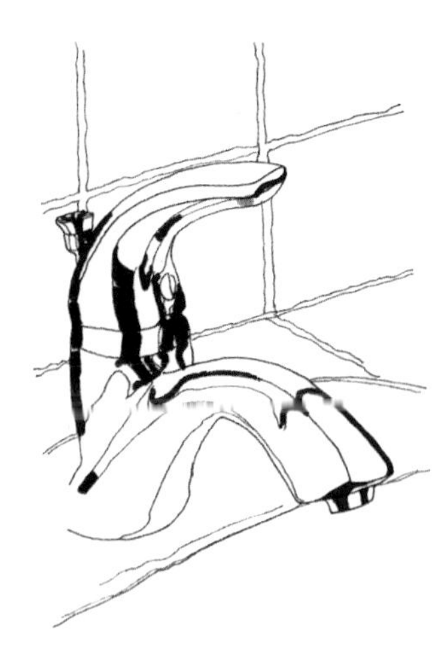

（b）刻画水龙头主体背光面区域的固有色

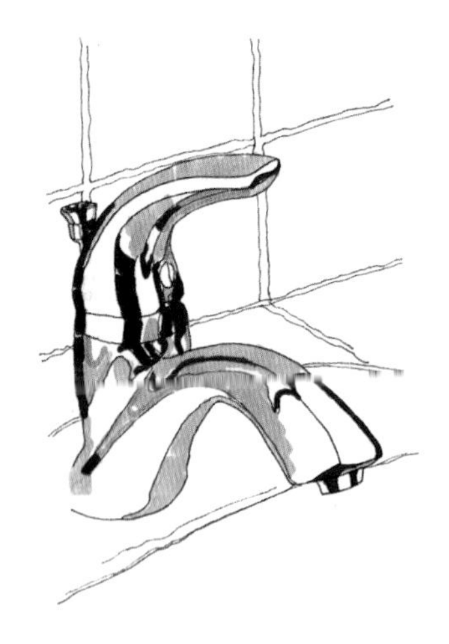

（c）细化受光面的金属固有色，以塑造水龙头的体积感

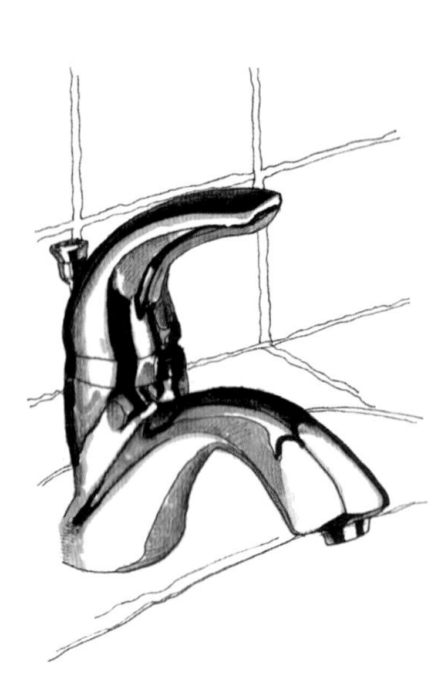

（d）用渐变退晕法逐步刻画出受光面的光泽感

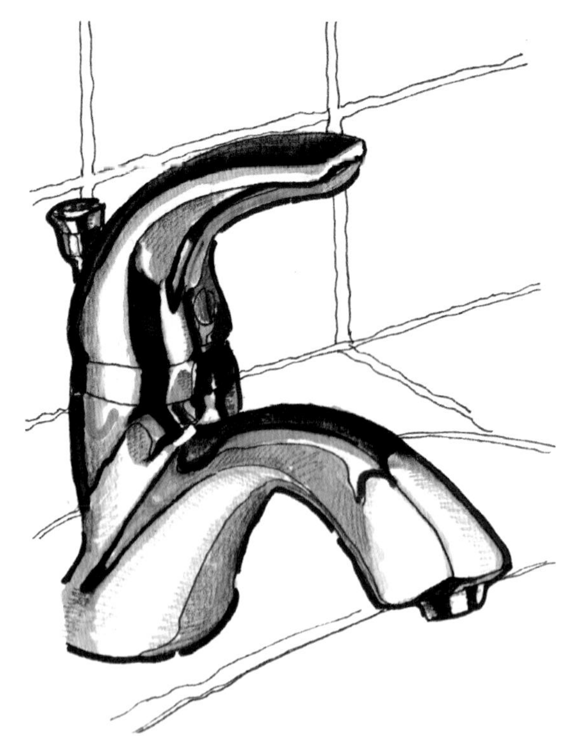

（e）调整整个水龙头色调，最终完稿

图4-5　金属卫浴用具设计表现1　保定水彩纸　针管笔　彩色铅笔　马克笔　孔舜

（a）画出水龙头的外轮廓和环境线稿，以及内部受光面、固有色面、环境色面线稿

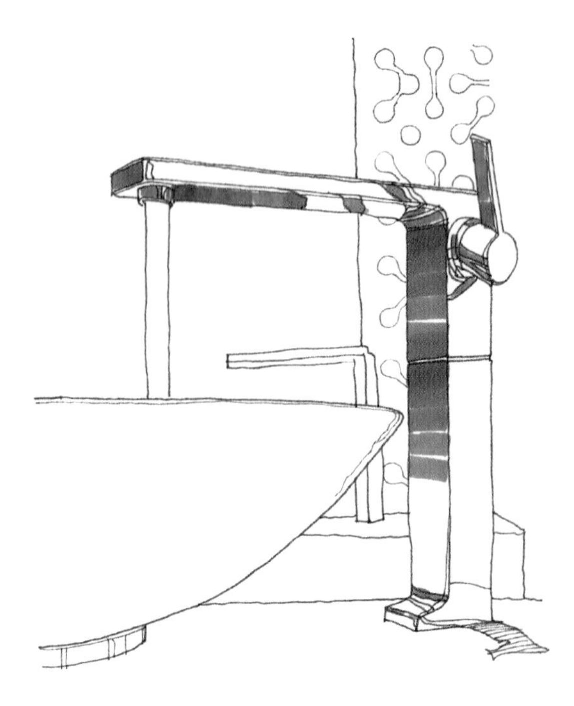

（b）刻画水龙头主体背光面区域的固有色

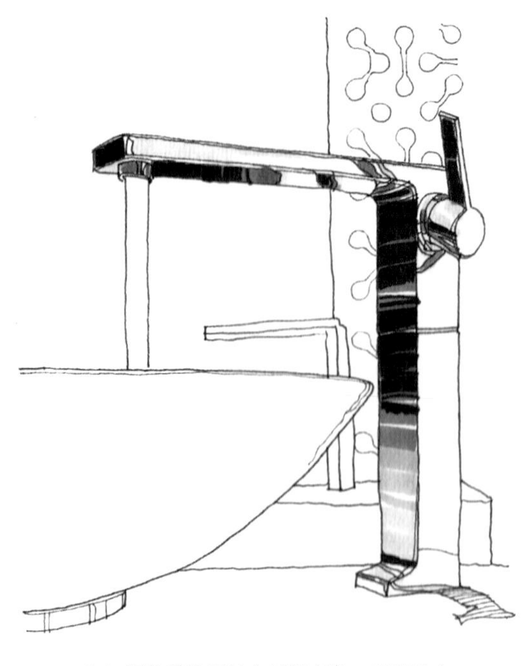

（c）细化受光面的金属固有色，以塑造水龙头的体积感

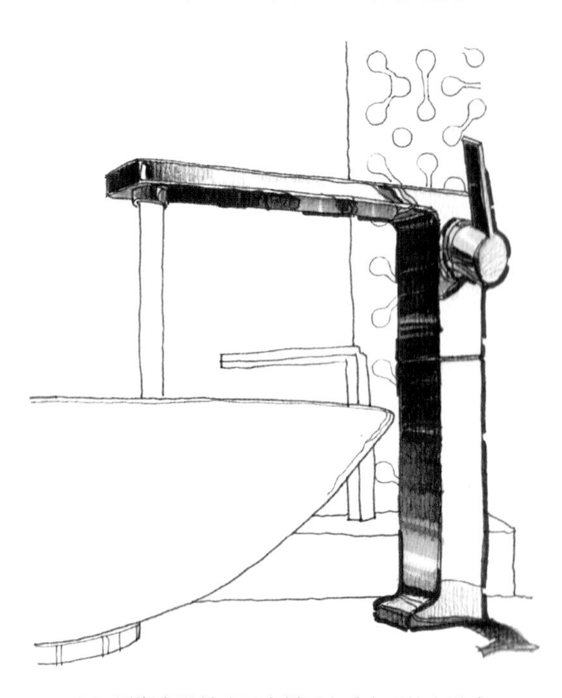

（d）用渐变退晕法逐步刻画出受光面的光泽感，调整整个水龙头色调，最终完稿

图4-6　金属卫浴用具设计表现2　保定水彩纸　针管笔　彩色铅笔　马克笔　孔舜

技巧

绘制高反光物体时，先留出受光最强的高光部位，把明暗交界线区域最深调子的部分用较饱和的深灰马克笔顺着物体光感的走向刻画，然后在靠近受光区域薄薄铺一层中间色调，在此基础上用最浅的马克笔或彩色铅笔刻画较亮的部分。

4.1.3　玻璃及镜面质感表现

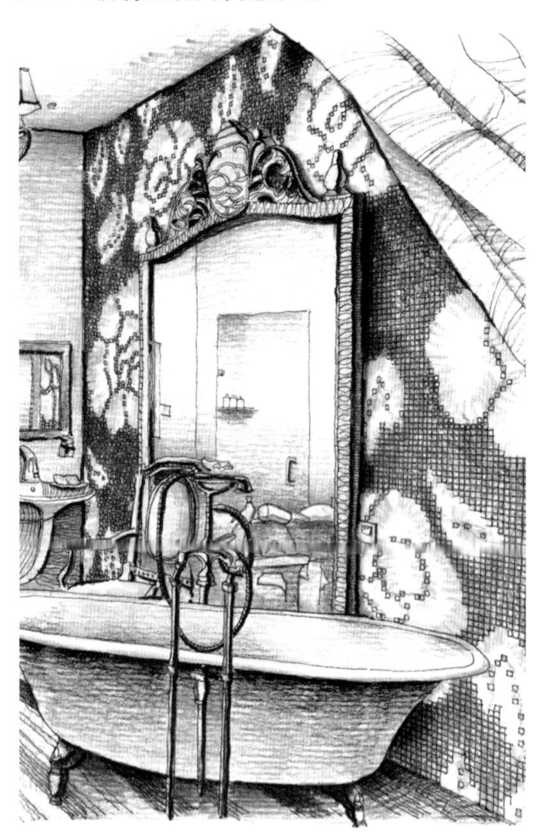

图4-7　玻璃镜面表现
保定水彩纸　针管笔　彩色铅笔　马克笔　孔舜

图4-8　金属镜面表现
保定水彩纸　针管笔　彩色铅笔　马克笔　孔舜

图4-9　欧式建筑
绘图纸　针管笔　彩色铅笔　马克笔　田天本

图4-10　创意吧台　绘图纸　针管笔　彩色铅笔　马克笔　朱虹

在表现玻璃时，应该注意玻璃自身的颜色，以及镜面中反射或透出的空间环境的颜色。玻璃的主要特点是质地透明、表面光洁、材质硬度高。在表现时，可以先用马克笔或彩色铅笔的平涂法和周围环境一起勾画，然后观察光源的方位，考虑玻璃表面上光感的走向，用马克笔或彩色铅笔的叠彩法和退晕法进行刻画，最后用白色油漆笔和白色修正液画出高光，如图 4-7 ～图 4-10 所示。

4.2 建筑内部空间区域分类表现

一幅优秀的室内手绘表现图，离不开多种材料质感的结合、家具陈设的布置、装饰品的点缀和灯光的渲染，所以建筑内部空间表现的重点是：材料质感的表现、家具的体量表现、装饰物的点缀和光影的气氛效果。

下面按室内功能分区，分为客厅、餐厅、卧室、厨卫浴、公共区域 5 个方面进行讲解。

4.2.1 建筑内部空间客厅区域表现

客厅区域是家庭娱乐休闲、沟通交流的公共空间，所以在空间环境配色上以轻松欢快的色调来处理，围绕着空间材质、家具陈设、装饰品、电器和光源等方面进行表现，如图 4-11 ～图 4-15 所示。

（a）完成线稿，控制疏密、虚实关系，为着色打下基础

（b）用马克笔和彩色铅笔将家具陈设和空间环境的色彩关系交待清楚

（c）细化近景灯具、地面、地毯和家具陈设等

（d）逐步刻画沙发、茶几和背景墙的细节，拉开空间距离

图4-11 客厅设计表现 巴比松水彩纸 针管笔 彩色铅笔 马克笔 油画笔 松节油 孔舜

（e）深入刻画画面中心区域家具陈设的光影关系及体积感

（f）调整墙面、天花板、地毯、地砖的色调和装饰物细节层次

（g）深入刻画家具陈设与环境，塑造其体积感

（h）调整画面，用白色油漆笔点出高光面，完稿

图4-11　客厅设计表现（续）　巴比松水彩纸　针管笔　彩色铅笔　马克笔　油画笔　松节油　孔舜

图4-12　室内设计表现1　绘图纸　针管笔　彩色铅笔　马克笔　李玲晓

图4-13　室内设计表现2　绘图纸　针管笔　彩色铅笔　高绪

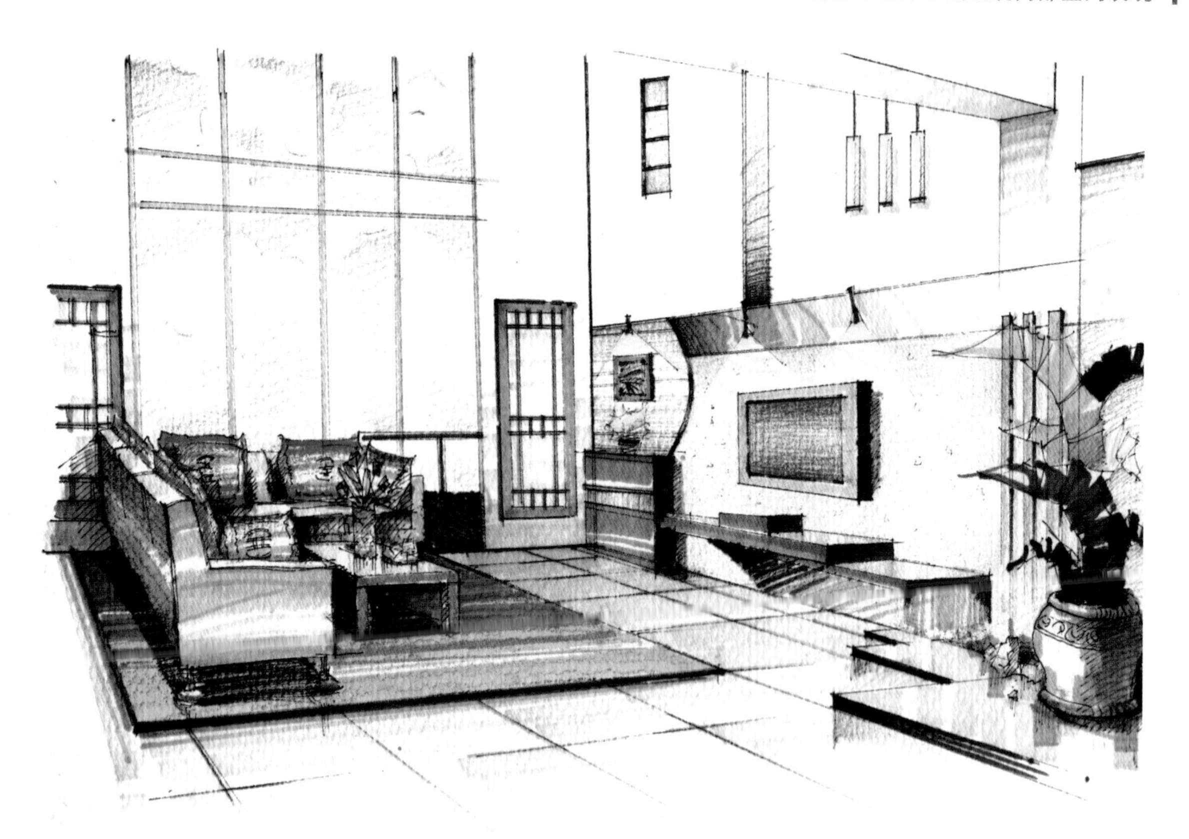

图4-14　室内设计表现3　保定水彩纸　针管笔　彩色铅笔　马克笔　孔舜

图4-15　酒店大厅　绘图纸　针管笔　彩色铅笔　马克笔　李龙彪

4.2.2 建筑内部空间餐厅区域表现

餐厅区域的表现在室内设计表现中是一个重要的环节。正因为“民以食为天”层面的重要意义，我们在设计与表现的同时，应多注意饮食文化主题对餐厅空间气氛的渲染。表现餐厅区域时，用色多以暖色调为主，光线要柔和，镜面等材质的运用也能映衬出干净整洁的餐饮环境，如图 4-16 ～图 4-18 所示。

图4-16　餐厅设计表现1

绘图纸　针管笔　彩色铅笔　马克笔　蔡文正

图4-17　餐厅设计表现2

绘图纸　针管笔　彩色铅笔　马克笔　陈禾珈

(a) 控制线稿疏密、虚实关系，为后面着色打下基础

(b) 用彩色铅笔交待家具陈设和空间环境的色彩关系

图4-18　餐厅设计表现3　保定水彩纸　针管笔　彩色铅笔　马克笔　孔彛

（c）细化近景灯具、餐具、地面、餐桌和椅子等家具陈设

（d）逐步刻画背景墙面和家具陈设等的细节，拉开空间感

（e）全面深入刻画家具陈设与环境空间，并塑造物体的体积感

（f）调整画面，用白色油漆笔点出高光面，完稿

图4-18　餐厅设计表现3　保定水彩纸　针管笔　彩色铅笔　马克笔　孔舜

图4-18　餐厅设计表现3（续）　保定水彩纸　针管笔　彩色铅笔　马克笔　孔舜

4.2.3　建筑内部空间卧室区域表现

作为室内空间里的一个重要部分，卧室的舒适性和私密性同等重要，所以在表现上应注意颜色搭配的和谐统一，如图 4-19 ～图 4-24 所示。

（a）控制线稿疏密、虚实关系，为后续着色打下基础

（b）用彩色铅笔交待家具陈设和空间环境的色彩关系

（c）细化近景灯具、地面、床、床头柜、椅子等家具陈设

（d）逐步刻画背景装饰壁挂、家具陈设等细节，拉开空间感

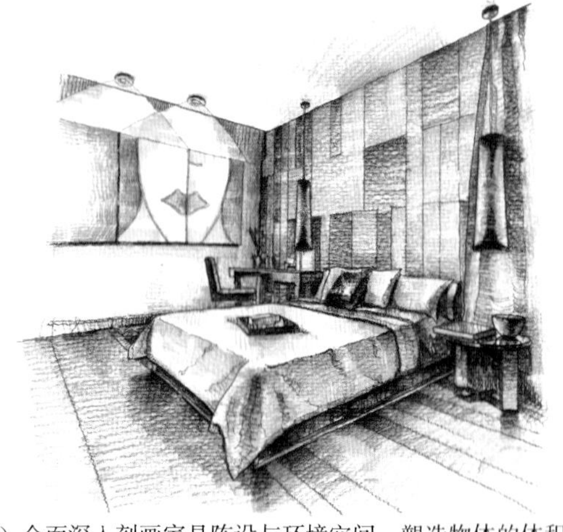

（e）全面深入刻画家具陈设与环境空间，塑造物体的体积感

（f）调整画面，用白色油漆笔点出高光面，完稿

图4-19　卧室设计表现1　保定水彩纸　针管笔　彩色铅笔　马克笔　孔舜

图4-19　卧室设计表现1（续）　保定水彩纸　针管笔　彩色铅笔　马克笔　孔舜

图4-20　卧室设计表现2　保定水彩纸　针管笔　彩色铅笔　马克笔　孔舜

图4-21　卧室设计平面图表现1　保定水彩纸　针管笔　彩色铅笔　马克笔　孔舜

图4-22　卧室设计表现3　保定水彩纸　针管笔　彩色铅笔　马克笔　孔舜

图4-23　卧室设计平面图表现2 保定水彩纸　针管笔　彩色铅笔　马克笔　孔舜

图4-24　卧室设计表现4 保定水彩纸　针管笔　彩色铅笔　马克笔　孔舜

4.2.4　建筑内部空间厨卫浴区域表现

厨卫浴空间是整个室内空间里极具功能性的一部分。在漂亮的厨房里下厨，为家人烹调美味佳肴；在精致的卫浴间中，洗去一天的疲惫。这两个小空间充满了浓浓的生活气息，也正因为如此，厨卫浴空间的设计日益为人们所重视。

在厨卫浴空间的设计表现上，应注意搭配明快的色调，以突出空间的干净整洁，也可以在墙和地面上大面积地运用色彩统一的图案等，在相对较小的区域里拉开空间感，如图 4-25 ～图 4-28 所示。

（a）控制线稿疏密、虚实关系，为后续着色打下基础

（b）用彩色铅笔交待家具陈设和空间环境的色彩关系

（c）细化近景灯具、地面、金属浴具、浴盆、家具等陈设

（d）逐步刻画装饰背景墙、家具陈设等细节，拉开空间距离

（e）深入刻画家具陈设与环境空间，塑造物体的体积感

（f）调整画面，用白色油漆笔点出高光面，完稿

图4-25　浴室设计表现1　保定水彩纸　针管笔　彩色铅笔　马克笔　孔舜

图4-25　浴室设计表现1（续）　保定水彩纸　针管笔　彩色铅笔　马克笔　孔舜

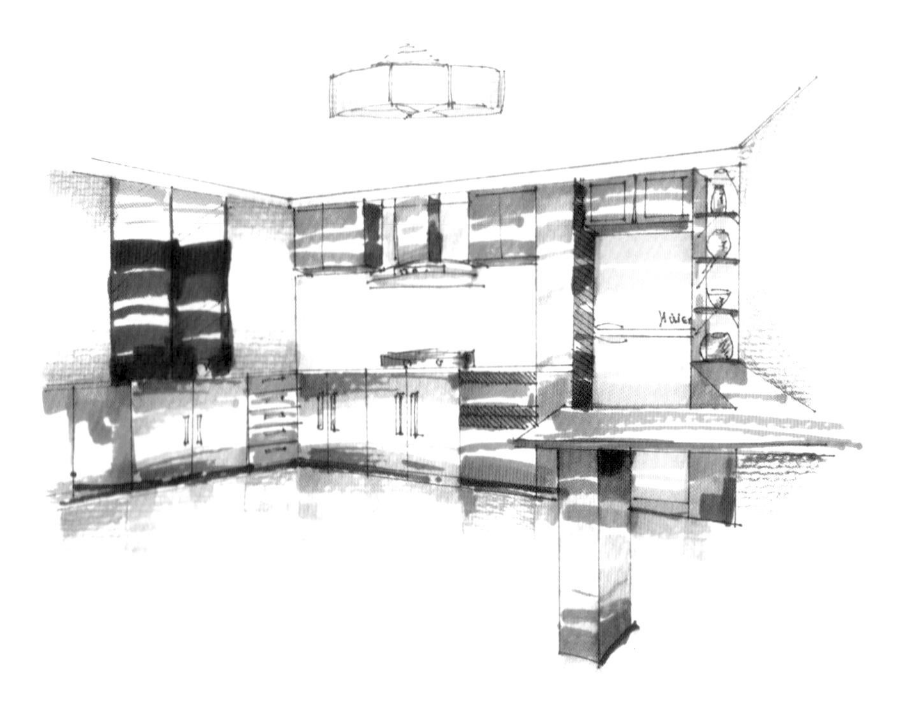

图4-26　厨房设计表现1　保定水彩纸　针管笔　彩色铅笔　马克笔　孔舜

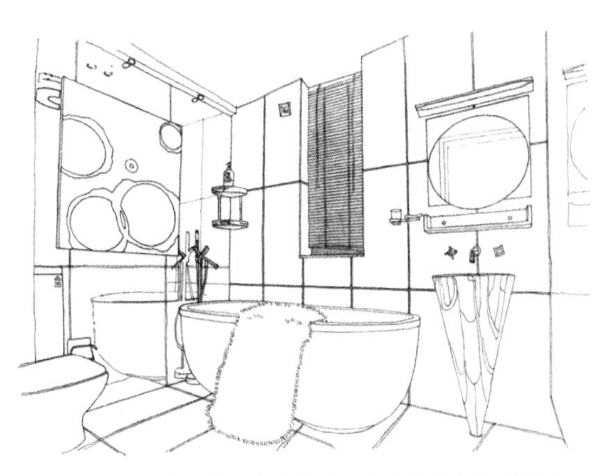

（a）控制线稿疏密、虚实关系，为后续着色打下基础

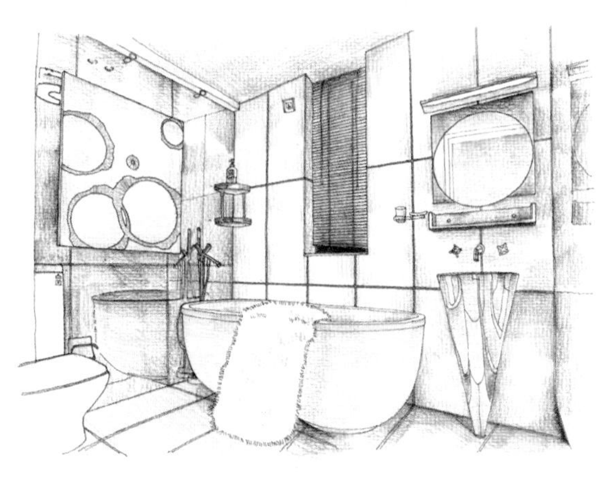

（b）用彩色铅笔交待家具陈设和空间环境的色彩关系

（c）细化近景灯具、地面、金属浴具、浴盆、家具等陈设

（d）逐步刻画装饰背景墙面、家具陈设等细节，拉开空间感

（e）深入刻画家具陈设与环境空间，塑造物体的体积感

（f）调整画面，用白色油漆笔点出高光面，完稿

图4-27　浴室设计表现2　保定水彩纸　针管笔　彩色铅笔　马克笔　孔舜

图4-27 浴室设计表现2（续） 保定水彩纸 针管笔 彩色铅笔 马克笔 孔舜

图4-28 厨房设计表现2 保定水彩纸 针管笔 彩色铅笔 马克笔 罗婷

4.2.5　建筑内部空间公共区域表现

公共区域的设计不是迎合少数人的设计，而是一个大众参与并享受生活的活动场所，所以在设计表现时，应注意大环境的色调和谐统一及包容性，如图 4-29 和图 4-30 所示。

图4-29　大厅设计表现　保定水彩纸　针管笔　彩色铅笔　马克笔　孔舜

图4-30　酒吧设计表现1　保定水彩纸　针管笔　彩色铅笔　马克笔　罗婷

图4-31　酒吧设计表现2　保定水彩纸　针管笔　彩色铅笔　马克笔　罗婷

图4-32　酒吧设计表现3　保定水彩纸　针管笔　彩色铅笔　马克笔　罗婷

第 5 章　环境艺术设计手绘建筑外部空间表现

建筑外部空间主体建筑、环境景观及植物配景表现

5.1 建筑外部空间主体建筑表现

建筑外部空间及建筑整体外观表现图，通常由主体建筑及其周围相关配景所组成。其中，配景用于陪衬主体建筑物，显示出主体建筑的比例尺度、消除画面主体建筑的孤立感，同时能反映出主体建筑与周边环境的关系，以暗示建筑物所处位置。另外，配景还能起到平衡画面构图、丰富画面内容和营造画面气氛的作用。因此，在建筑外部空间写生时，不但要细致刻画主体建筑，还需对配景做不同程度的描绘。首先要对选定的建筑物做不同方位、不同距离的观察，研究构图，确定光线的角度与强度，然后再使用针管笔勾画出透视图。为确保绘画质量，为画面上色前，可做简单的色彩小稿。

汉口江汉关

西安大唐芙蓉园紫云楼

主体建筑是画面的核心部分，应当着重刻画。主体建筑的表现风格，决定着配景的表现形式。主体建筑除要求透视准确、结构明确之外，还应注意建筑的明暗关系和色彩变化。

写生时，主体建筑一般处在阳光照耀下或是阴暗处（或阴天）。对于阳光照耀下的主体建筑，应注意强调受光面与背光面的明暗及色彩变化。一天中的太阳可分为朝阳、正阳和夕阳，朝阳下的建筑物明暗对比相对柔和，受光面暖，背光面稍冷；正阳下的建筑物明暗对比强烈，受光面略暖且亮，有时甚至可留白，背光面冷；夕阳下的建筑物明暗对比稍弱，受光面偏暖，背光面偏冷，局部应作冷色处理。阴天时的主体建筑明暗关系平淡，应提亮主立面，加深次立面，以强调建筑物的体量感，如图 5-1 和图 5-2 所示。

（a）控制建筑与环境线稿疏密、虚实关系，为后续着色打下基础

（b）在线稿的基础上用淡色彩色铅笔画出建筑、路面和环境

图5-1　汉口江汉路街景建筑

巴比松水彩纸　钢笔　彩色铅笔　马克笔　29.7cm×21.0cm　孔舜

（c）刻画画面中心区域的主体建筑与配景，以拉开画面的空间感

（d）细化近景车辆、路面和树等，逐步刻画出路面的延伸感

（e）深入刻画中心区域主体建筑的光影关系以及体积感

（f）围绕着建筑的明暗交界线，拉开色彩与明度对比关系

图5-1　汉口江汉路街景建筑（续）　巴比松水彩纸　钢笔　彩色铅笔　马克笔　29.7cm×21.0cm　孔舜

（a）控制主体建筑线稿疏密、虚实关系，为后续着色打下基础

（b）在线稿的基础上用淡色彩色铅笔画出背光面重色调与钟面

（c）深入刻画中心区域主体建筑的光影关系以及建筑的体积感

（d）围绕着建筑的明暗交界线，拉开色彩与明度对比关系

图5-2　汉口江汉路江汉关局部　巴比松水彩纸　针管笔　彩色铅笔　马克笔　29.7cm × 21.0cm　孔舜

（e）调整整个画面色调，最终完稿

图5-2　汉口江汉路江汉关局部（续）　巴比松水彩纸　针管笔　彩色铅笔　马克笔　29.7cm×21.0cm　孔彝

5.2　建筑外部空间环境景观及植物配景表现

5.2.1　建筑外部空间景观雕塑表现

景观雕塑是环境设计中的点睛之笔，综观世界各国的城市建设及设计，以“无痕迹”的设计理念为设计平台，以人类的健康生存环境为本，大致总结出以下 3 个至关重要的因素：一是城市概念本身综合生存和发展的定位关系；二是给予人类何种生存、生活及精神环境氛围；三是城市的远程发展是否与人类的生活形成动态的互补和共融。所以景观雕塑的手绘表现应对人和环境进行综合思考，从而启发、提示专业设计人员、相关设计教育工作者、环境艺术设计师、室内设计师及相关院校在校学生的创意思维。

景观雕塑表现的绘制如图 5-3 所示。

西安大雁塔北广场——陕西皮影景观雕塑

西安大雁塔北广场——陕西八大怪景观雕塑

（a）绘制景观雕塑的外轮廓和环境线稿，分开内部受光面、固有色面和环境色面

（b）刻画景观雕塑主体背光面区域的固有色面

图5-3　西安石雕　保定水彩纸　针管笔　彩色铅笔　马克笔　29.7cm×21.0cm　孔舜

（c）细化受光面的石材固有色，以塑造雕塑的体积感

（d）用渐变退晕法逐步刻画出受光面、过渡面和背光面

（e）深入刻画中心区域主体雕塑的光影关系以及体积感

（f）加入环境色，丰富画面色彩关系，强调主体雕塑与环境的联系

图5-3　西安石雕（续）　保定水彩纸　针管笔　彩色铅笔　马克笔　29.7cm×21.0cm　孔舜

（g）调整整个景观雕塑色调，最终完稿

图5-3　西安石雕（续）　保定水彩纸　针管笔　彩色铅笔　马克笔　29.7cm×21.0cm　孔舜

西安环城公园文昌门至和平门段位于城墙南面，始建于唐代，是西安城墙内居民的公共活动场所。环城公园内的文化氛围体现了当下西安人现代文明与传统文化相融合的生活状态，同时满足了各个年龄阶段居民的心理需求。

环城公园设计按各个门洞分为不同的主题区域，各段落的景观设计围绕西安的文化内涵，结合现代低碳环保的造园理念展开。表现色彩以简洁明快的紫灰色调为主，配合张力的线条呈现出厚重的历史与沧桑感。人们在曲折行进的环境里领略到大气、粗犷、豪放的西域园林风格，以古老的城墙为背景让人的心绪平和而陶醉，如图 5-4 ～图 5-15 所示。

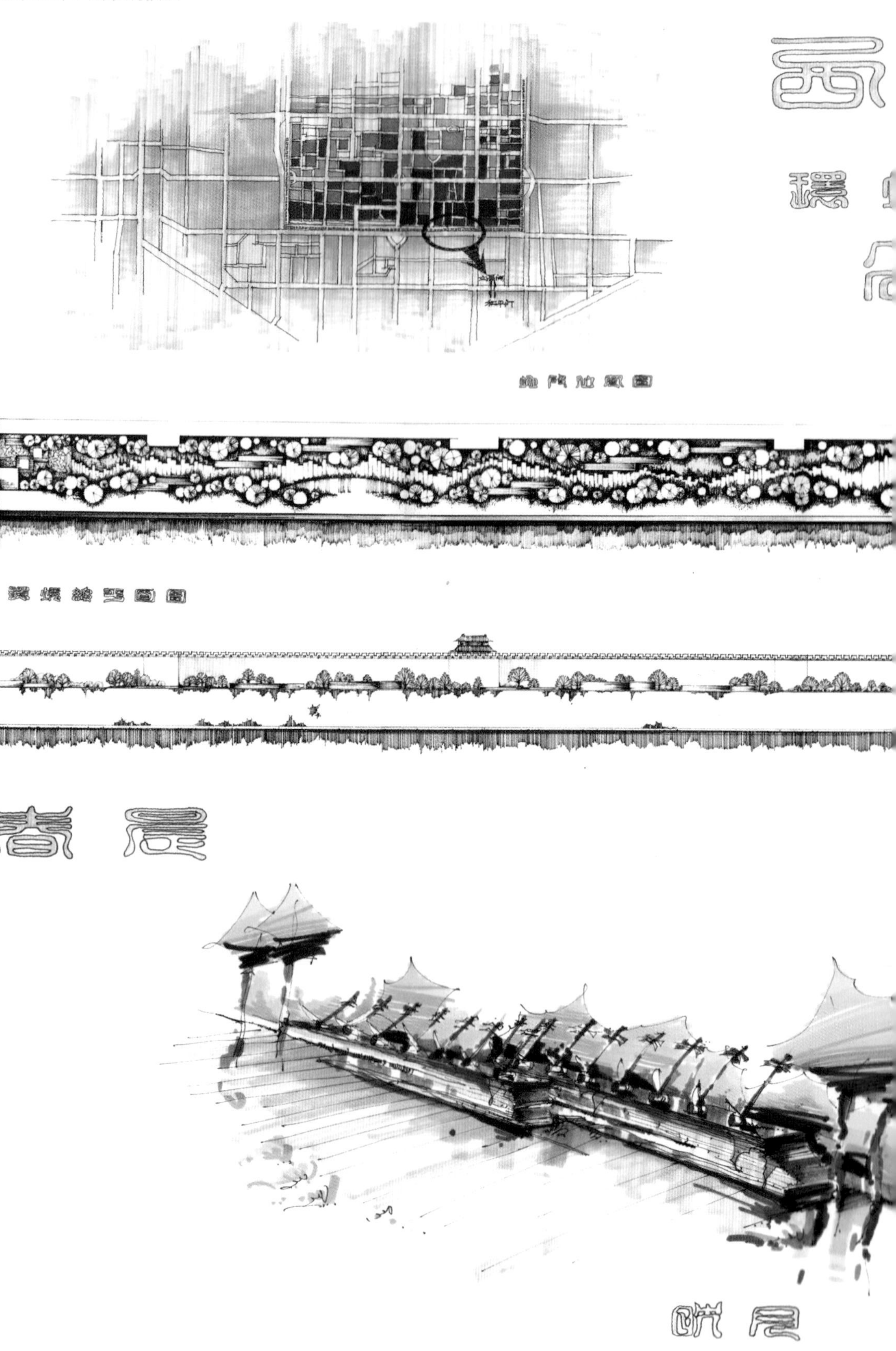

图5-4　西安环城公园概念设计——总版面1　绘图纸　针管笔　马克笔　120.0cm×90.0cm　高绪　孔舜

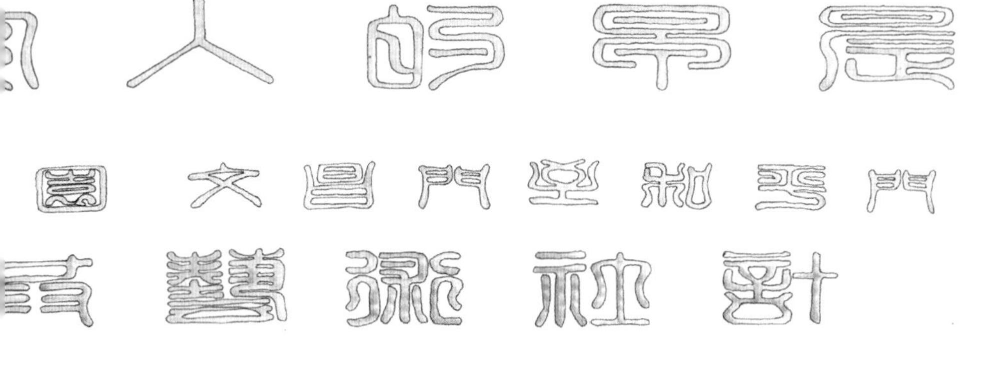

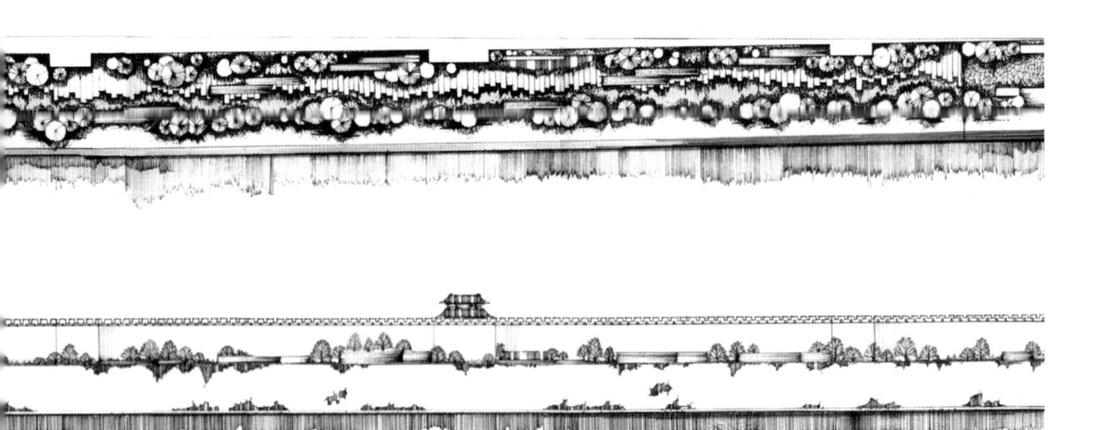

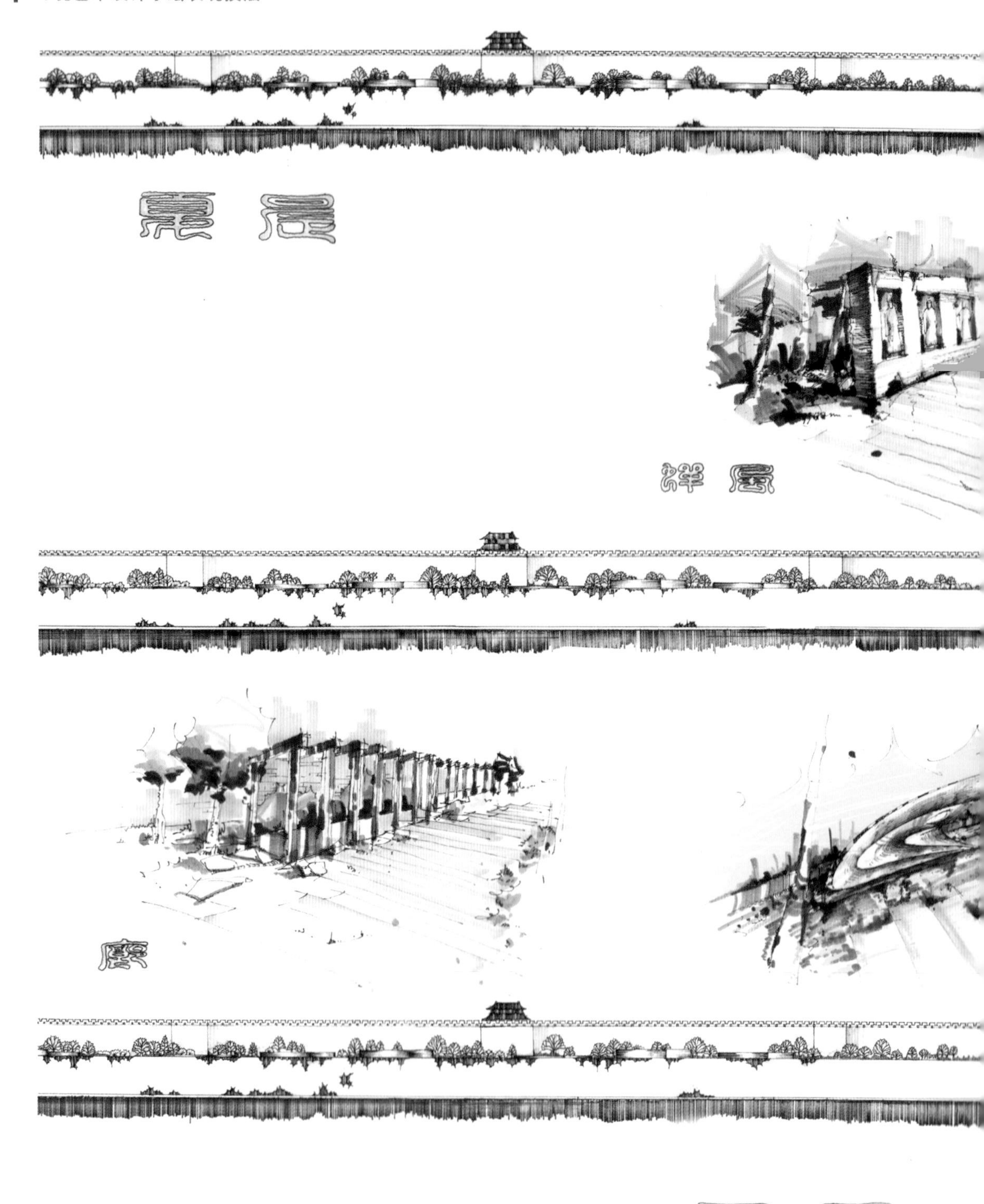

图5-5　西安环城公园概念设计——总版面2　绘图纸　针管笔　马克笔　120.0cm × 90.0cm　高绪　孔舜

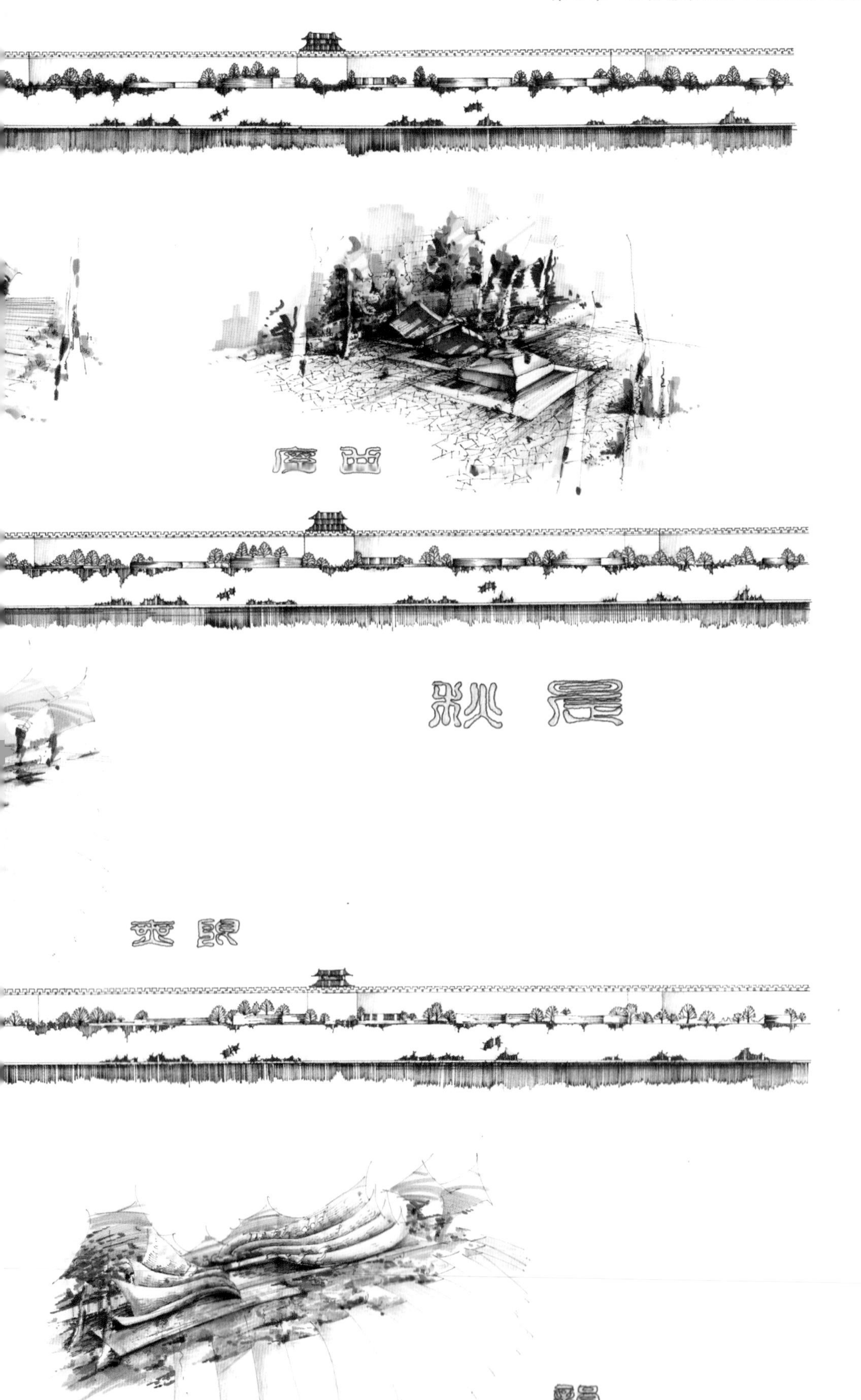

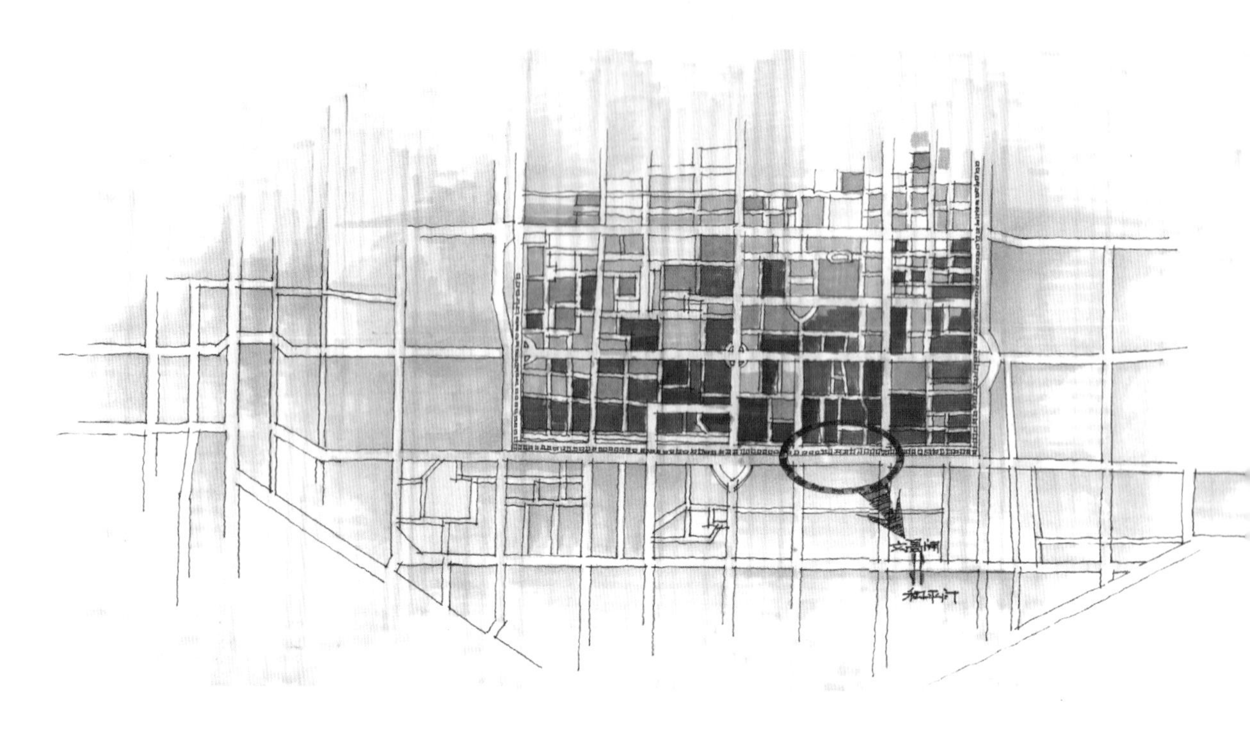

图5-6　西安环城公园概念设计——总平面图　绘图纸　针管笔　马克笔　42.0cm×29.7cm　高绪

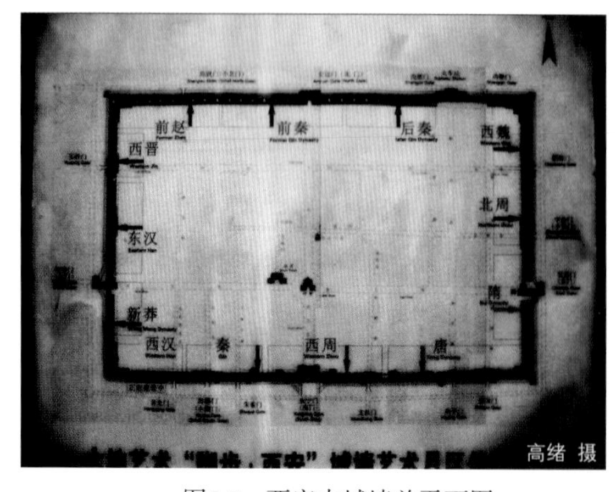

图5-7　西安古城墙总平面图

图5-8　西安古城墙文昌门至和平门平面图

图5-9　西安古城墙护城河河堤

图5-10　西安古城墙局部

图5-11　西安古城墙护城河

图5-12　西安古城墙朝阳门

图5-13　西安古城墙局部

图5-14　西安古城墙公园介绍栏

图5-15　西安古城墙局部

文昌门至和平门地段与城内社区居民一墙之隔，市民在此活动十分方便，也是清晨居民生活、工作和学习的必经之路。入口处以似中国画技法“起承转合”中的“起”为始点，将公园简介栏与景观设计变化为“竹简”的形式，运用历史文化元素，充分体现公园的功能作用。

“竹简”除介绍公园的历史背景、文化渊源之外，作为公园开头的一个“序”恰到好处。

主题景观的表现手法以高纯度和高明度为基调。以樱花红、木质色以及周边环境大面积的大地灰色系，描绘出一股“儒风”般浓厚的书卷气息，与周边环境氛围融为一体，艳而不俗，拙而不笨，雅俗共赏，如图 5-16 ～图 5-21 所示。

图5-16　西安环城公园概念设计——儒风　绘图纸　针管笔　马克笔　42.0cm×29.7cm　高绪

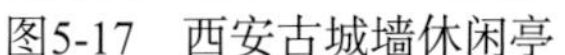
图5-17　西安古城墙休闲亭

图5-18　西安古城墙休闲区

图5-19　西安古城墙公园植物

始建于 20 世纪 80 年代初的环城公园是一处包括明代城墙、护城河、环城林带，三位一体的立体化公园，是独有的公园景观。西安明城墙位于西安市，全长 13.7 公里，是我国古代城垣中保存至今最为完整的一处古迹。环城林带郁郁葱葱，护城河水清草绿。公园中河、林布局与城墙协调一致，相得益彰。沿着明城墙环型公园漫步，可体会古老城墙的时代气息，是游客了解古代战争的珍贵的人文景观。

但当下环城公园文昌门至和平门段在规划上有些极端，比如道路过直而失去了公园的情调，树木下的活动设施摆设过于零乱且空旷；视觉过于紧张，人群间距离感过大，造成了彼此紧张的恐惧心理。因此重新规划此路段与公共雕塑小品和摆设，将成为此段公园设计的主要任务。

主题景观在表现手法上为木质色，与周边环境大面积的大地灰色系统一协调，“廊”悠长的序列感带领游客走过历史的沧桑和岁月的时空隧道，享受历史文化精神大餐，如图 5-22 所示。

图5-20　西安古城墙休闲区

图5-21　西安古城墙运动区

图5-22　西安环城公园概念设计局部图——廊　绘图纸　针管笔　马克笔　42.0cm × 29.7cm　高绪

图5-23　西安环城公园概念设计局部图——禅风　绘图纸　针管笔　马克笔　42.0cm×29.7cm　高绪

图5-24　西安碑林

图5-25　西安碑林博物馆

图5-26　西安碑林博物馆入口处

西安环城公园文昌门至和平门段位于西安城南，与著名的书院门的碑林博物馆毗连。因此，设计以碑林文化为主要元素，以碑林的抽象形态为基础。

重新规划此段公园使之富有情调，并不是要将其变成像其他段落曲折的园林一样，而是在“直”的基础上稍做调整，划分出游人常聚之处，使之与总环境相融合。对于此段公园的公共艺术品摆设，同样也要符合整体规划，“以人为本，为人服务”是公共艺术品设计的宗旨，考虑人的活动及群体与群体之间、个人与个人之间、人与所处位置线路及外界城市天际线之间、植物与种植之间的关系，在这些关系的过渡区乃至中心都需要有公共艺术品以增加其趣味性，同时还要考虑一年四季不同气候条件的景观形象。

主题景观的表现手法以金属与石材的色感与周边环境大面积的地面灰色系组合，以形成唐代佛文化为主题的序列，以“蝉风”体现西安人的文化品位和文化气氛，如图 5-23 ～图 5-28 所示。

图5-27　洛阳龙门石窟

图5-28　西安碑林

图5-29　西安环城公园概念设计——序曲　绘图纸　针管笔　马克笔　42.0cm × 29.7cm　高绪

图5-30　西安环城公园内部路径

图5-31　西安环城公园城墙

主题公园创意采用缓缓开启的“印”作为设计元素，表达了西安古城特有的文化信息。同时将一部分公共艺术小品穿插其间，使之与人们生活环境相融合，在不经意间提高了人们的生活品位。

主题景观表现手法以有色石材为主，与周边大面积的灰色构成和谐的画面，营造开启新篇章的意境，产生一种意犹未尽的感觉，如图 5-29 ～图 5-37 所示。

图5-32　中国古代印章示意图

图5-33　太极拳教师

图5-34　古城墙下的太极拳练习者1

图5-35　古城墙下的太极拳练习者2

图5-36　太极拳传人1

图5-37　太极拳传人2

练太极拳是西安人晨练的常见的一种运动方式，在古城墙脚下练太极拳，更是别有一番情调。

在环城公园设计过程中，传统文化与现代文明的观念碰撞，产生了人与自然融合协调的设计构思，作为古城墙文化与外城现代建筑文化的过渡区，形成了一个环境转换区：人们从睡梦中醒来在此活动，放松心情，随后进入紧张的工作状态。

公园主题景观在表现手法上以现代金属材料为主，黄色调与周边大面积的灰色系形成和谐画面，从太极拳联想到“无限”，灵感源于“太极无限”一词。主题创意由拉长变形的太极图形构成，彰显了西安古城的历史文化内涵，如图 5-38 ～图 5-43 所示。

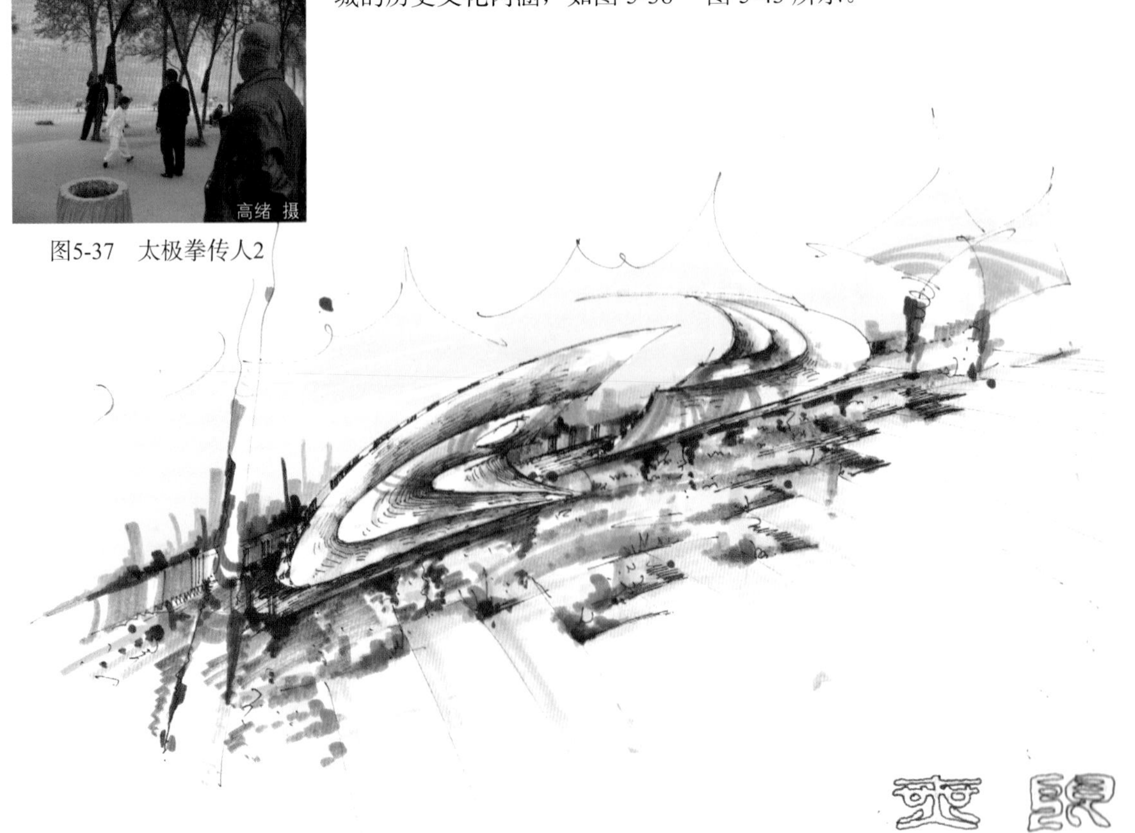

图5-38　西安环城公园设计概念——无限　绘图纸　针管笔　马克笔　42.0cm × 29.7cm　高绪

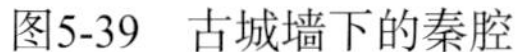
图5-39　古城墙下的秦腔

图5-40　古城墙下的票友

图5-41　古城墙下的一群唱秦腔的票友1

图5-42　古城墙下的一群唱秦腔的票友2

图5-43　古城墙下的一群唱秦腔的票友3

“映月”是由“二泉映月”这一曲调而得名，利用二胡的排列序列组成有意境的景观。

从文昌门进入，走过过渡区，大大小小的群体活动与个体活动便映入眼帘。有唱戏的、利用小器材健身的，有练武术的、坐在茶亭喝茶读报的，还有拉二胡的、打太极的等，主要表现在健身与唱戏两方面，茶园次之，卫生间再次之。主道两侧笔直的路上来回跑着健身的人，走着精神舒缓的人；有年过七旬的老人，也有几岁的孩童与家人共享天伦的快乐。他们与自然环境共同组成了公园的整体形象，展现出休闲、清新、和谐的景象，构成了一幅当代社区居民文化生活的画卷。

主题景观的表现手法以石材与金属的色感以及周边环境大面积的地面灰色系构成画面，烘托出“曲”、“景”共融的环境氛围，如图 5-44 所示。

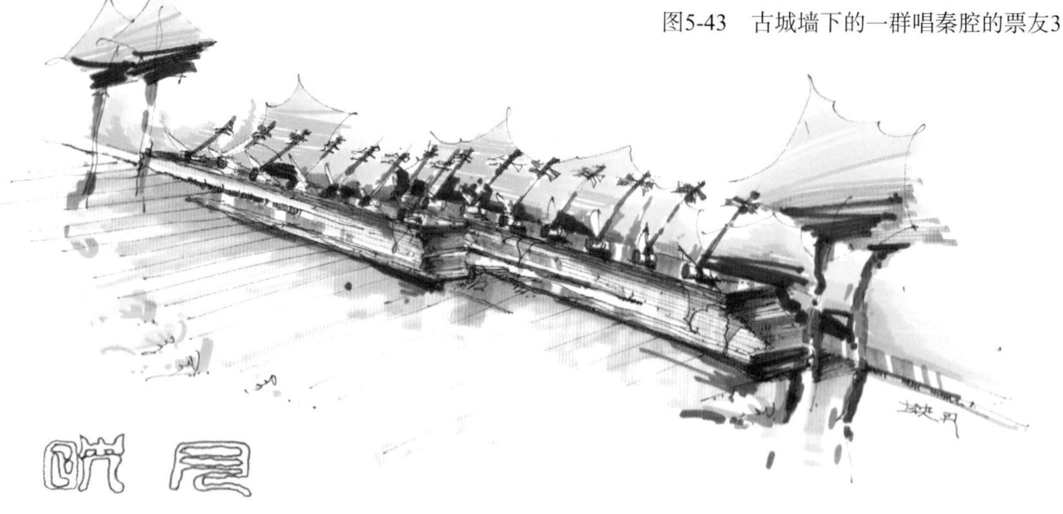

图5-44　西安环城公园概念设计——映月　绘图纸　针管笔　马克笔　42.0cm×29.7cm　高绪　孔舜

图5-45　西安环城公园概念设计——韵　绘图纸　针管笔　马克笔　42.0cm×29.7cm　高绪

图5-46　古城墙下唱秦腔的票友1

图5-47　公园内学二胡的小票友

图5-48　公园内唱秦腔的票友

图5-49　古城墙下唱秦腔的票友2

图5-50　古城墙下唱秦腔的票友3

西安的早晨，在公园内“吊嗓子”和唱“秦腔”是“晨”文化的又一景观。在设计构思上尽量保持现有状态，对一些细节稍做调整，其灵感来源于跳动的音符，将路径与这种跳动的曲线相结合，引导人们的视线逐步欣赏公园里的公共艺术小品，保持富有韵律的序列感，使人漫步于跳动的曲线中，表达了优美的音乐文化主题，与早晨园区轻快的小调构成了一幅西北风情画。

三五个票友聚在一起，各持民俗乐器，自由组合，或弹或唱，各得其乐。观看的、学习的在路径围绕的青石板“舞台”一展技艺，以古城墙作背景，人文与历史在此交融，又给文化古城添上了一笔浓墨重彩。

主题景观的表现手法以石材与金属色感同周边环境的灰色构成画面，烘托出“曲”、“景”共融的文化氛围，如图 5-45～图 5-50 所示。

下面为两幅室外景观小品作品，如图 5-51 和图 5-52 所示。

图5-51　景观小品1　绘图纸　钢笔　彩色铅笔　29.7cm × 21.0cm　王宝桥

图5-52　景观小品2　绘图纸　针管笔　彩色铅笔　马克笔　42.0cm × 29.7cm　王岚

5.2.2 建筑外部空间植物表现

植物是建筑图最常见的配景之一，能给画面带来生气，主要包括草地植被、藤类、乔木、灌木等。草地植被、藤类皆由地势或廊架走势而定，乔木高大，灌木矮小。植物的特征是通过其外部形状（即主干、枝、树叶）来表现的。

建筑图中的树木可分为远、中、近 3 个层次。根据不同的层次，可以采用不同的表现方法。对于远景树木，应勾勒出其形状后采用单色平涂法；中景树木，应根据其生长规律进行上色与用笔，可用 3 种颜色表现树冠的明暗关系。注意，要留出树的通透处，否则会将树木画成实心的而失真；近景树木常设置在画面的某个角落，可用轻松的风格来表现。描绘时，可适当画些单片的树叶和树枝的结构，色彩常选用较为单一的深色，以表现树的逆光效果，增强画面的纵深感。有时也可画一些投射到地面上的树影，以起到平衡画面构图的作用，同时还能反映地面的状况。

植物设计表现如图 5-53 ～图 5-86 所示。

图5-53 汀步设计表现

绘图纸 针管笔 彩色铅笔 马克笔 王晓

抛弃常见的长条汀步，运用圆形的陶，古朴大方

图5-54　小景设计表现

绘图纸　针管笔　彩色铅笔　马克笔　王晓

小路的原材料取自废弃的陶料，经拼装铺设，低碳环保

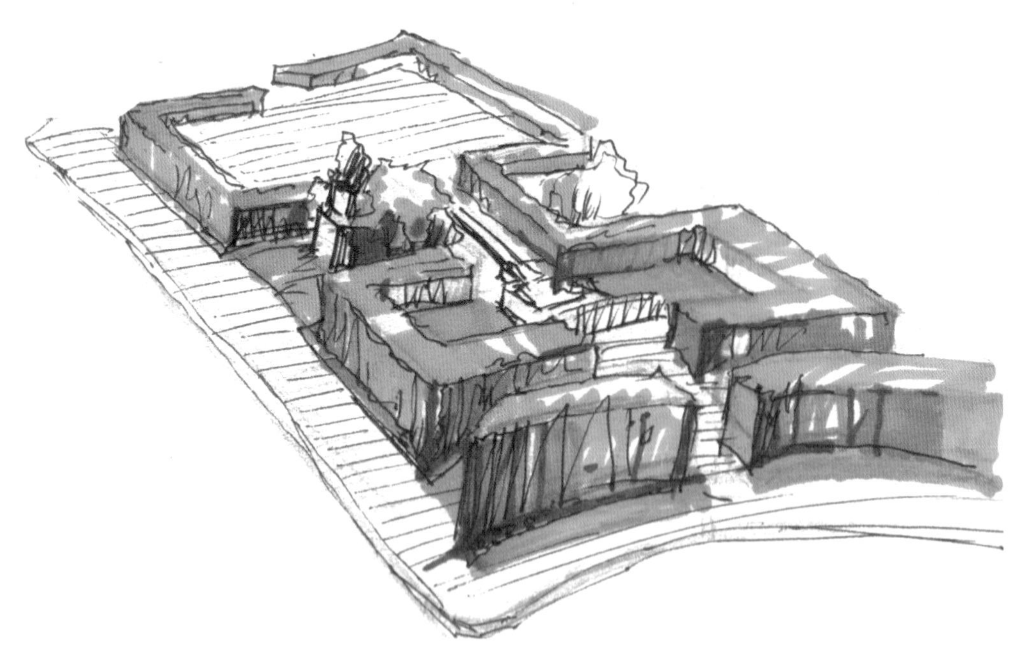

图5-55　绿篱造型　绘图纸　针管笔　彩色铅笔　马克笔　陈海翔

植物的序列形式源自中国传统纹样，运用沉稳的深绿和深灰表现出迷宫般的场景效果

图5-56　竹林配景1　绘图纸　针管笔　彩色铅笔　马克笔　陈海翔

图5-57　竹林配景2　绘图纸　针管笔　彩色铅笔　马克笔　陈海翔

绿树成荫、花鸟围绕的乡村原生态的停车场，以浅绿色且向上的笔触表现出竹的生长规律

图5-58　景观立面　绘图纸　针管笔　彩色铅笔　马克笔　王岚

以浅蓝色的马克笔笔触来刻画出晴朗的天空，用淡雅的色彩来描绘植物配景，营造出一个和谐统一的环境

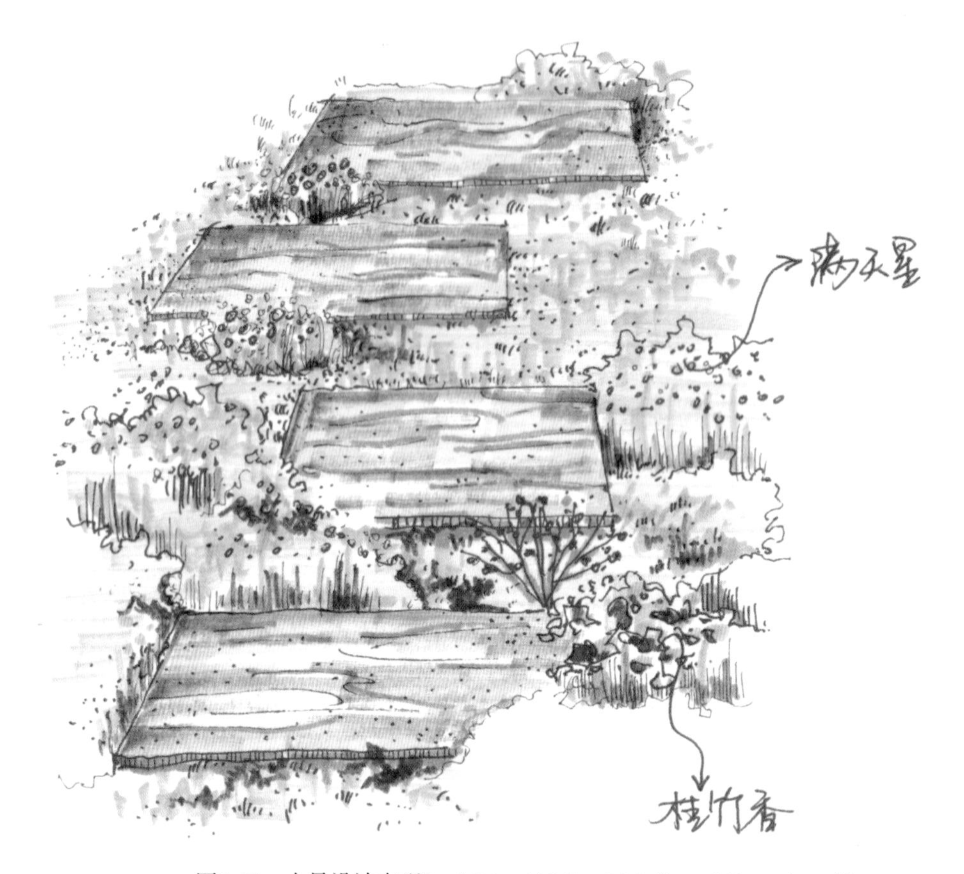

图5-59　小景设计表现1　绘图纸　针管笔　彩色铅笔　马克笔　王晓　孟娇

以木质色描绘出踏板质感。满天星、桂竹香等绿色植被，使画面充满原生态之美

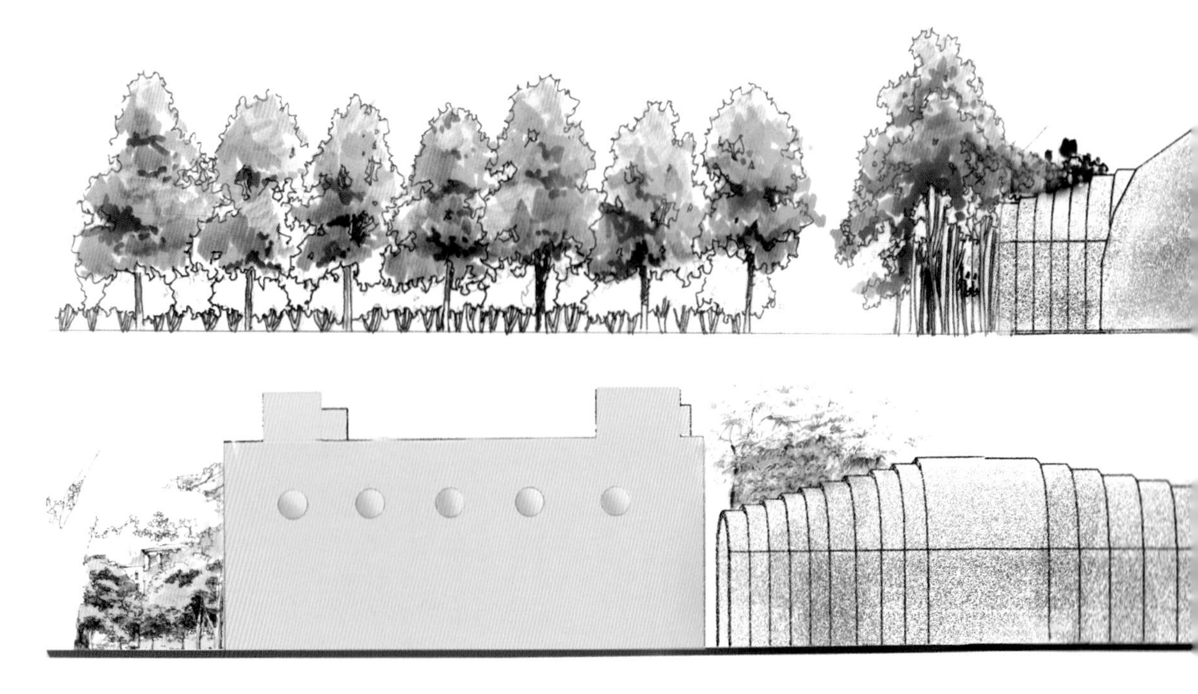

图5-60 博物馆设计表现 绘图纸 针管笔 彩色铅笔 马克笔 王晓
接近陶的立面质感，以粗犷的肌理效果刻画出陶艺博物馆的特色，与水色退晕的天空形成对比

图5-61 博物馆效果图表现 绘图纸 针管笔 彩色铅笔 马克笔 霍晓霞
博物馆的形态设计源自陶的概念，运用淡雅的色调表现出陶艺村的空间环境

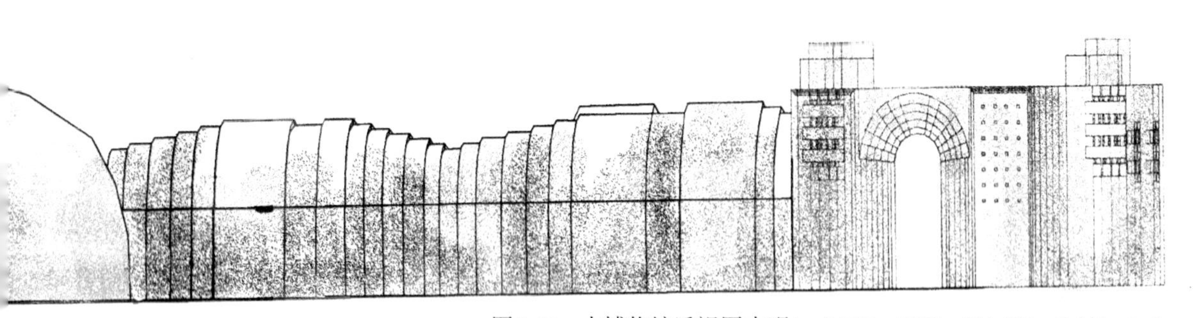

图5-62 大博物馆透视图表现1 绘图纸 针管笔 彩色铅笔 马克笔 王晓

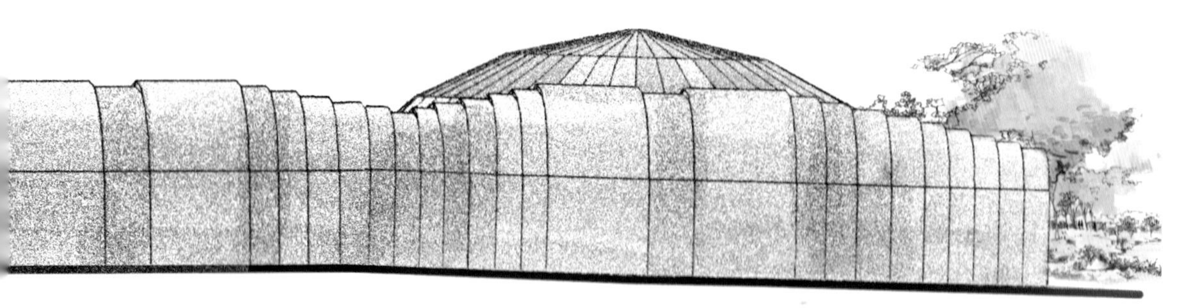

图5-63 大博物馆透视图表现2 绘图纸 针管笔 彩色铅笔 马克笔 王晓
以粗犷的具有肌理感的画面刻画出陶艺博物馆接近陶的立面质感，配合植物配景表现图面效果

图5-64　果园、别墅的意象表现　绘图纸　针管笔　彩色铅笔　马克笔　石江涛

室外桃源的意象，生活在这样的环境中，让人忘却都市的烦躁。用色淡雅，春意绵绵

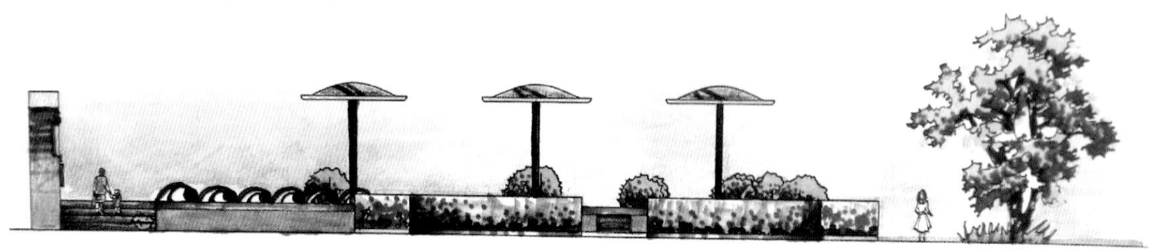

图5-65　博物馆透视立面表现　绘图纸　针管笔　彩色铅笔　马克笔　霍晓霞

3 个等距的遮雨亭排列形成有趣的序列，富有韵律感

图5-66　小景设计表现2　绘图纸　针管笔　彩色铅笔　马克笔　王晓　孟娇

抽象地表现动态人物，配合静态的道路、绿荫，形成一幅动静结合的画面

图5-67　景观小品1　绘图纸　针管笔　彩色铅笔　马克笔　王岚

淡雅的马克笔色调，表现出清新的道路和草坪、树木、砖石的质感

图5-68　景观立面1　绘图纸　针管笔　彩色铅笔　马克笔　王岚

以浅蓝色的马克笔笔触刻画出晴朗的天空，用淡雅的色彩来描绘植物配景，营造出一个和谐统一的环境

图5-69　石凳、石鼓配景设计表现　绘图纸　针管笔　彩色铅笔　马克笔　王晓　孟娇

配景都是结合陶的概念来设计，或是陶的形态或是陶的材质等

图5-70　葡萄园入口设计表现　绘图纸　针管笔　彩色铅笔　马克笔　石江涛

长长的廊架下，抬头伸手处都是可以触及到的果实，让人有身临其境、回归田园的感觉。以退晕渐变的笔触，描绘出廊架的延伸感

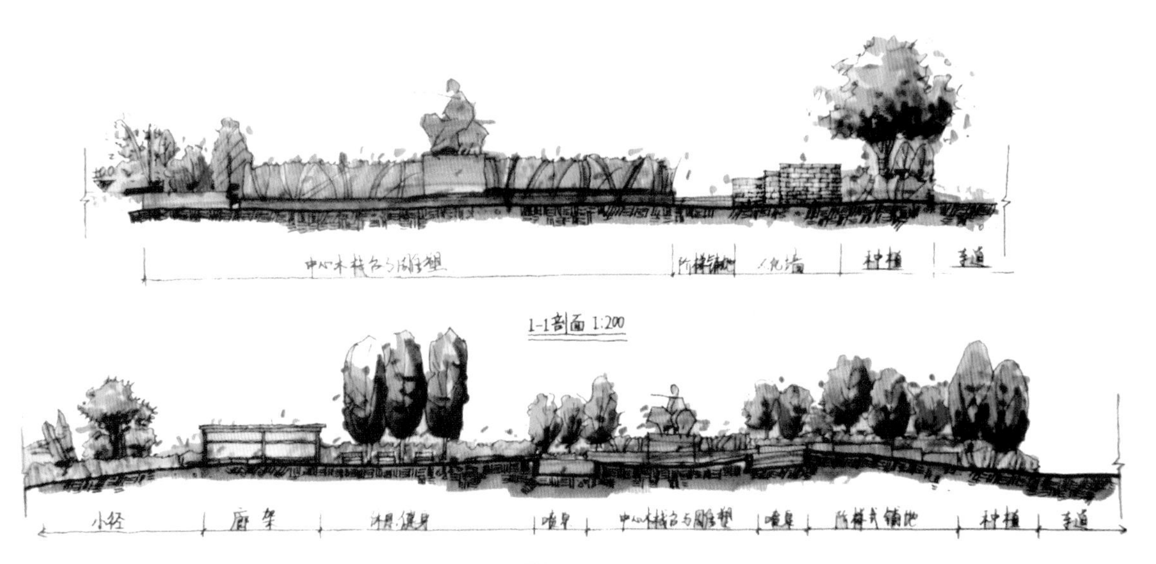

图 5-71　景观立面 2　绘图纸　针管笔　彩色铅笔　马克笔　王岚

图5-72　景观立面3　绘图纸　针管笔　彩色铅笔　马克笔　王晓

图5-73　景观小品2　绘图纸　钢笔　马克笔　黄亚栋

图5-74　景观小品3　绘图纸　针管笔　彩色铅笔　马克笔　黄亚栋

图5-75　景观小品4　绘图纸　针管笔　彩色铅笔　马克笔　黄亚栋

图5-76　陶雕塑配景　绘图纸　针管笔　彩色铅笔　马克笔　孟娇

倒置的陶盆设计，玫瑰红色的花、土黄色的陶盆和草地融为一体，表现了小品的张力

图5-77　小景设计表现3　绘图纸　针管笔　彩色铅笔　马克笔　王晓

高低错落的石柱和石凳排列成富有韵律的序列

图5-78　陶瓷雕塑配景　绘图纸　针管笔　彩色铅笔　马克笔　王晓

设计灵感源自陶艺村里的废弃垃圾，大大小小的管状陶艺散落在院落中，就像我们把设计的理念散落在院落里一样，环境融入设计，设计融入到环境中

图5-79　木质雕塑配景　绘图纸　针管笔　彩色铅笔　马克笔　王晓

以木质色描绘出原生态的采水器

图5-80　景观小品5　绘图纸　针管笔　彩色铅笔　马克笔　黄亚栋

图5-81　小景设计表现4　绘图纸　针管笔　彩色铅笔　马克笔　孟娇

景观墙以陶的抽象形态为设计元素，运用曲线韵律感表现雕塑的活力；利用深色的背景植物，凸显出雕塑的浅色石材质感

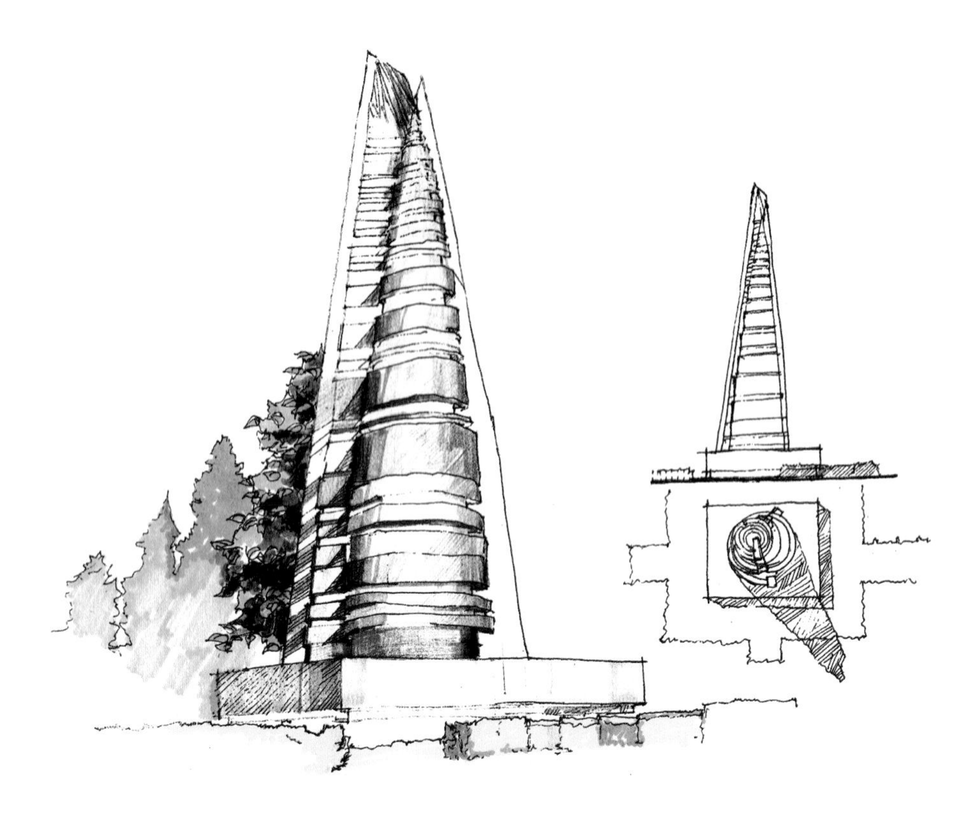

图5-82　景观小品6　绘图纸　针管笔　彩色铅笔　马克笔　黄亚栋

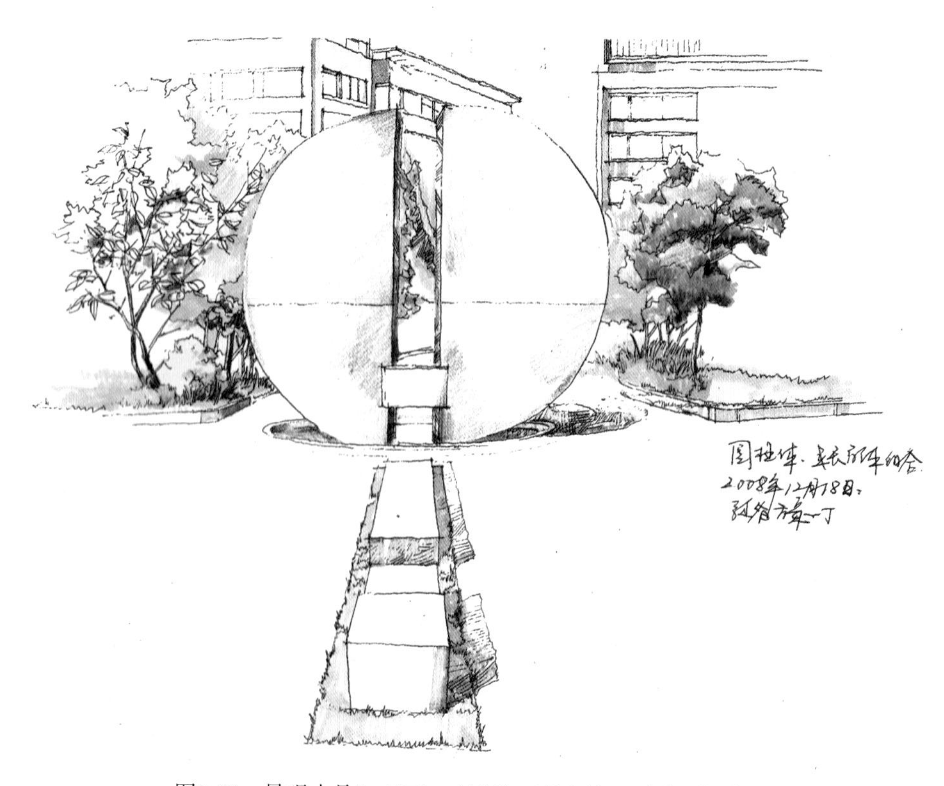

图5-83　景观小品7　绘图纸　针管笔　彩色铅笔　马克笔　黄亚栋

图5-84　汉口江汉路江汉关　绘图纸　针管笔　彩色铅笔　马克笔　郭海南

图5-85　景观小品8　有色卡纸　钢笔　彩色铅笔　马克笔　29.7cm × 21.0cm　黄亚栋

图5-86　景观小品9　有色卡纸　针管笔　彩色铅笔　马克笔　29.7cm × 21.0cm　黄亚栋

5.2.3 建筑外部空间街景、水景表现

街景是一个动静结合的区域，既有静态的建筑，又有动态的人流和车辆（见图 5-87）。街景写生练习使用彩色铅笔和马克笔进行街景表现的创作。利用几十分钟的时间，勾画出建筑的轮廓、人和车辆的运动动势。不断积累素材、磨炼技法，锻炼在短时间内对物体的概括能力。

街景的构成元素复杂多变是积累写生经验的最佳场所，街景图以主体建筑与人物和交通工具配景为对象，色彩追求丰富、和谐和统一，如图 5-87 ～图 5-99 所示。

图5-87　汉口六渡桥街景线稿　巴比松水彩纸　针管笔　29.7cm×21.0cm　孔舜

图5-88　汉口六渡桥街景　巴比松水彩纸　针管笔　彩色铅笔　马克笔　29.7cm×21.0cm　孔舜

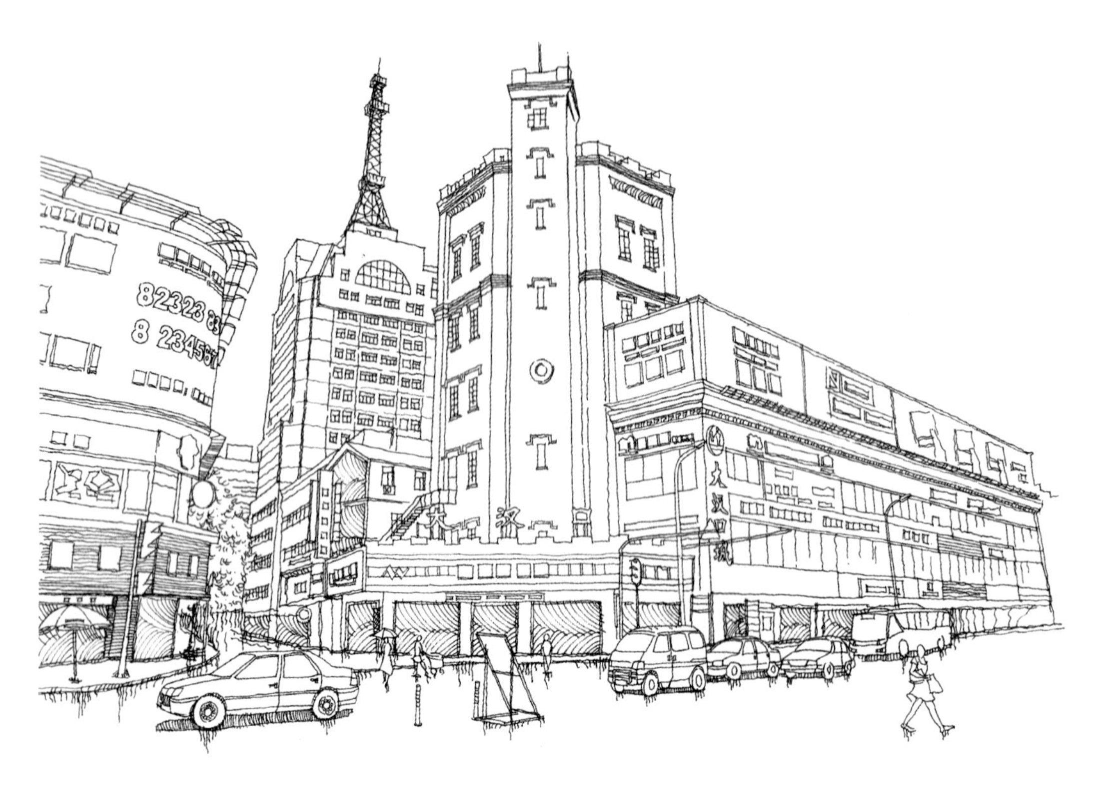

图5-89　汉口中山大道江汉路水塔大楼线稿　巴比松水彩纸　针管笔　29.7cm × 21.0cm　孔舜

图5-90　汉口中山大道江汉路水塔大楼　巴比松水彩纸　针管笔　彩色铅笔　马克笔　29.7cm × 21.0cm　孔舜

（a）在完成平面设计构图的基础上，将构筑物的位置交代清楚，使平面手绘对象立体化，分出前后远近层次空间感，将自己的理解和判断从容地徒手表现出来。控制建筑与环境线稿疏密、虚实关系，为后续着色打下基础

（b）从远处的建筑物开始，描绘出上重下轻的虚实变化，使前面的交通指示灯与建筑物体拉开距离。在线稿的基础上用淡色彩色铅笔画出建筑、交通指示灯、路面和车辆

图5-91　汉口中山大道江汉路大华饭店　巴比松水彩纸　针管笔　彩色铅笔　马克笔　29.7cm×21.0cm　孔舜

（c）中间的主题建筑的体积与层次依各自的特征进行刻画。刻画画面中心区域的主体建筑与配景，以拉开距离，使画面产生空间感

（d）画背光面的阴影增强画面的体积感和真实感。细化近景车辆、路面和交通指示灯等，逐步刻画出路面的延伸感

图5-91　汉口中山大道江汉路大华饭店（续）　巴比松水彩纸　针管笔　彩色铅笔　马克笔　29.7cm×21.0cm　孔舜

（e）准确地找出地平线，画出透视空间关系与车、人的关系，调整建筑暗部细节、建筑外立面色调细节的层次感

（f）对近景交通灯的刻画要小心谨慎，区别中景、远景的物体要实在具体，注意亮部、灰面和暗部 3 大关系。深入刻画道路地面、车辆，拉开画面冷暖关系

图5-91　汉口中山大道江汉路大华饭店（续）　巴比松水彩纸　针管笔　彩色铅笔　马克笔　29.7cm×21.0cm　孔舜

（g）注意用笔的轻重缓急。例如，车用笔要硬一些，次要物体稍柔和一些，以产生质感对比。最后调整关系，如构图、透视、质感、比例、节奏和疏密变化等。用笔要简练，强调虚实变化，交通指示灯上暗下亮。深入刻画中心区域主体建筑的光影关系以及体积感。调整画面色调，最终完稿

图5-91　汉口中山大道江汉路大华饭店（续）　巴比松水彩纸　针管笔　彩色铅笔　马克笔　29.7cm×21.0cm　孔舜

（a）控制建筑与环境线稿疏密、虚实关系，为后续着色打下基础

（b）在线稿的基础上用淡色彩色铅笔画出建筑、路面和植物配景

图5-92　汉口江汉路步行街　巴比松水彩纸　针管笔　彩色铅笔　马克笔　29.7cm×21.0cm　孔舜

（c）刻画画面中心区域的主体建筑与配景，以拉开画面的空间感

（d）细化近景人物、路面和植物配景等，逐步刻画出路面的延伸感

（e）调整建筑物暗部细节、建筑外立面色调细节层次

（f）深入刻画道路地面和人物，拉开画面冷暖关系。深入刻画中心区域主体建筑的光影关系以及建筑的体积感。调整画面色调，最终完稿

图5-92　汉口江汉路步行街（续）　巴比松水彩纸　针管笔　彩色铅笔　马克笔　29.7cm × 21.0cm　孔舜

图5-93　古建表现1　绘图纸　针管笔　彩色铅笔　马克笔　黄亚栋

图5-94　古建表现2　绘图纸　针管笔　彩色铅笔　马克笔　黄亚栋

图5-95　河边民居　保定水彩纸　钢笔　彩色铅笔　油画棒　王宝桥

图5-96　公园小景1　保定水彩纸　钢笔　彩色铅笔　油画棒　王宝桥

图5-97　高山溪水

绘图纸　针管笔　彩色铅笔　马克笔　田天本

图5-98　岸边人家

布纹纸　钢笔　彩色铅笔　油画棒　王宝桥

图5-99　公园小景2　保定水彩纸　钢笔　彩色铅笔　油画棒　王宝桥

5.2.4　建筑外部空间交通工具、人物表现

1. 汽车

行驶的汽车能使画面产生动静对比。驶向主体建筑物的汽车，引导观者对视觉中心的注意。在绘制城市建筑的表现图中，汽车已成为必不可少的配景。

写生时，首先要研究汽车的结构，以简洁的色彩、干净有力的笔触表现汽车的金属质感。但不必过分描绘汽车的细节与色彩，以免喧宾夺主。在画近处的汽车时，也可表现出其内部的构造，如画出坐席及方向盘的轮廓线等。为了与画面的表现风格保持一致，应对汽车作不同方式的描绘，如图 5-100 ～图 5-108 所示。

汉口解放大道航空路立交桥

汉口江汉路步行街

图5-100　老爷车1　水彩纸　针管笔　水彩　马克笔　29.7cm×21.0cm　周丽

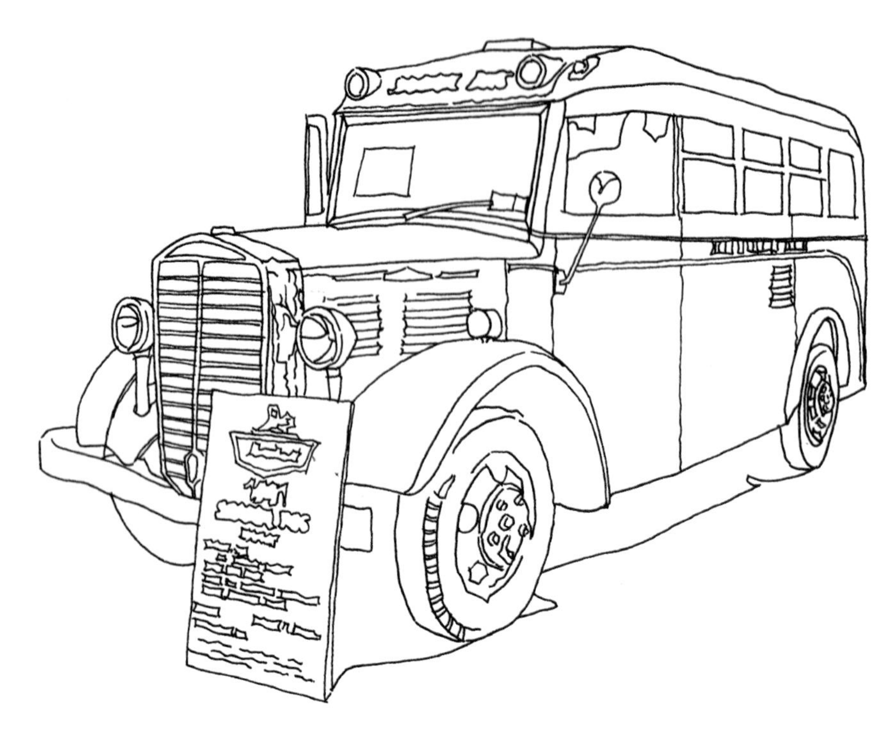

图5-101　老爷车线稿1　巴比松水彩纸　针管笔　29.7cm×21.0cm　孔舜

图5-102　老爷车线稿2　巴比松水彩纸　针管笔　29.7cm×21.0cm　孔舜

图5-103　老爷车2　巴比松水彩纸　针管笔　彩色铅笔　马克笔　29.7cm×21.0cm　孔舜

图5-104　老爷车3　巴比松水彩纸　针管笔　彩色铅笔　马克笔　29.7cm×21.0cm　孔舜

图5-105　车线稿1　巴比松水彩纸　针管笔　29.7cm×21.0cm　孔舜

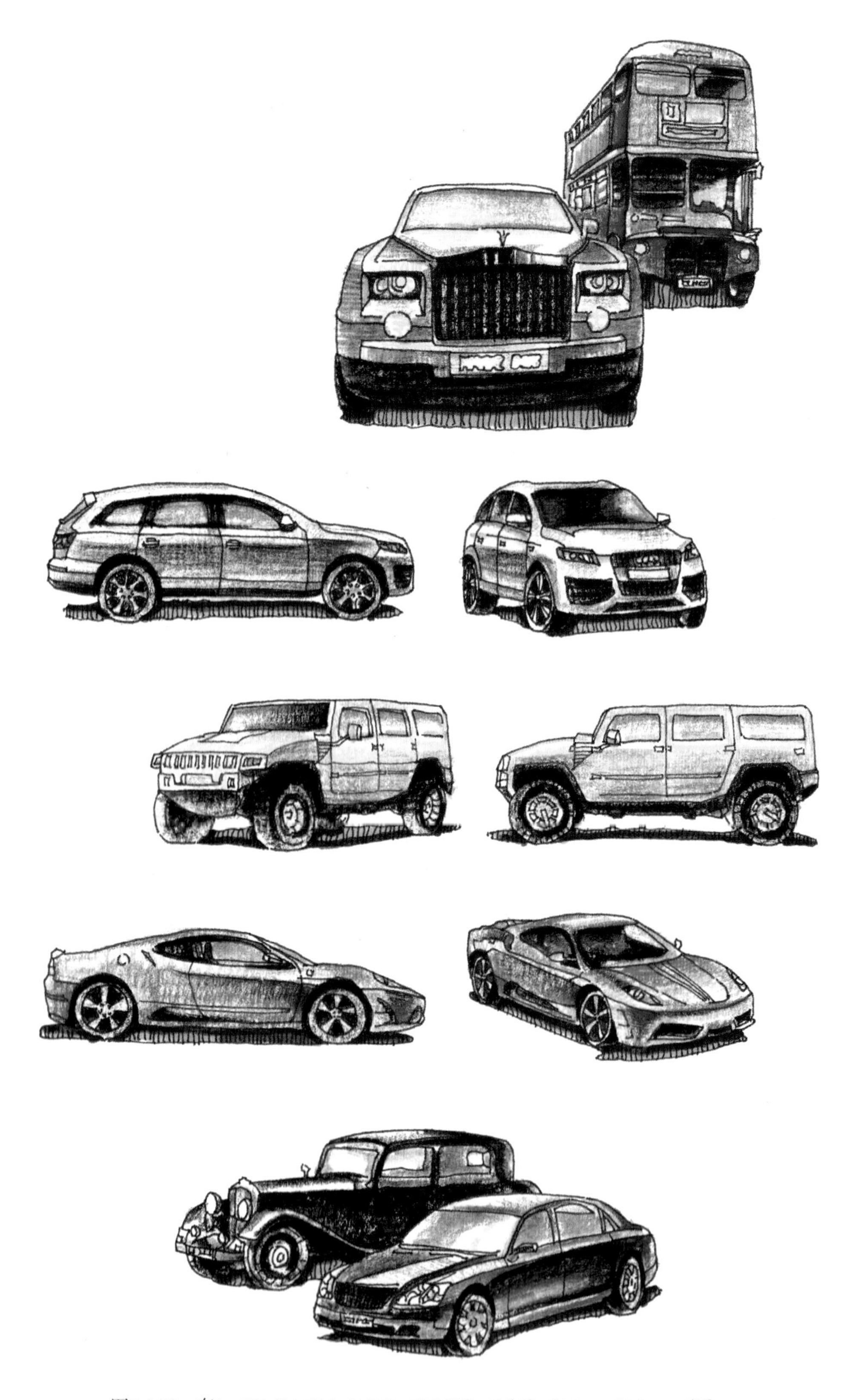

图5-106　车1　巴比松水彩纸　针管笔　彩色铅笔　马克笔　29.7cm×21.0cm　孔舜

图5-107　车线稿2　巴比松水彩纸　针管笔　29.7cm×21.0cm　孔舜

图5-108 车2 巴比松水彩纸 针管笔 彩色铅笔 马克笔 29.7cm×21.0cm 孔舜

2. 人物

人物可以给画面增添活力，增强环境的空间尺度感。手绘效果图中，把现实生活中的人物比例从 7 个头拉长到 8 ～ 9 倍头长比例，体现出高挑且富动感的人物状态。

远景人物表现多以象征性的图案型来描绘。象征性的图案型人物表现，只勾画出其外形，可以不着色或使用同类色进行平涂；近景人物表现多以写实型为主，着色时应注意色彩与画面环境色彩的统一性，如图 5-109 ～图 5-114 所示。

图5-109　人物1　巴比松水彩纸　针管笔　彩色铅笔　马克笔　29.7cm×21.0cm　孔舜

图5-110　人物2　巴比松水彩纸　针管笔　彩色铅笔　马克笔　29.7cm×21.0cm　孔舜

图5-111　人物3　巴比松水彩纸　针管笔　彩色铅笔　马克笔　29.7cm × 21.0cm　孔舜

图5-112　人物4　巴比松水彩纸　针管笔　彩色铅笔　马克笔　29.7cm × 21.0cm　孔舜

图5-113　人物线稿　巴比松水彩纸　针管笔　29.7cm×21.0cm　孔舜

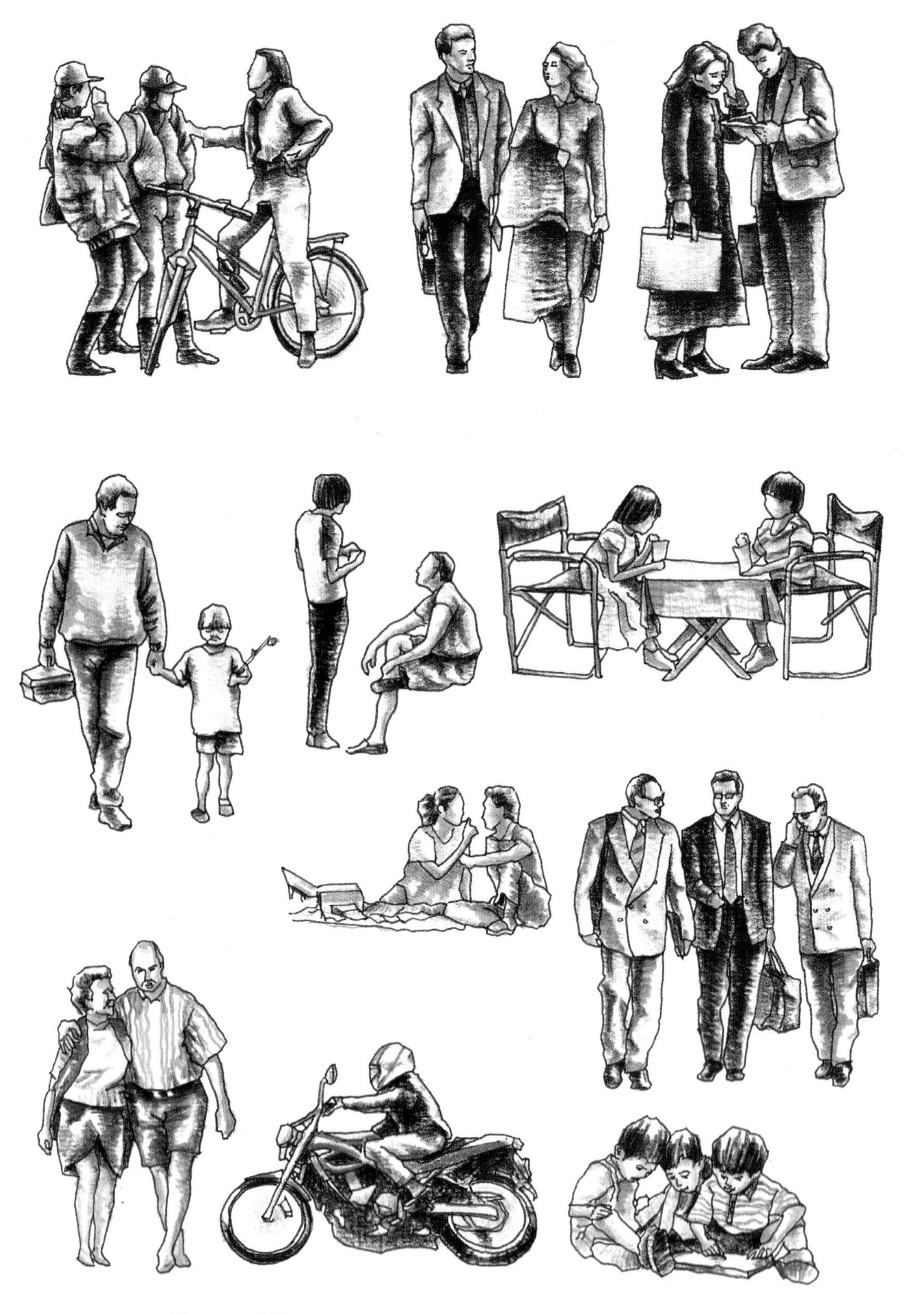

图5-114　人物5　巴比松水彩纸　针管笔　彩色铅笔　马克笔　29.7cm×21.0cm　孔舜

5.2.5 建筑外部空间环境规划表现

建筑外部空间环境是指建筑与周围环境、城市街道之间存在的空间，它是建筑与建筑、建筑与街道或城市之间的中间领域，是一个有秩序的人造环境。随着物质文明与精神文明的提高，人们对建筑外部空间环境也有了更高的要求，充分利用有限的土地资源让人们获得最大的空间享受，已成为人们追逐的目标。

建筑外部空间环境规划表现的实例如图 5-115 ～图 5-145 所示。

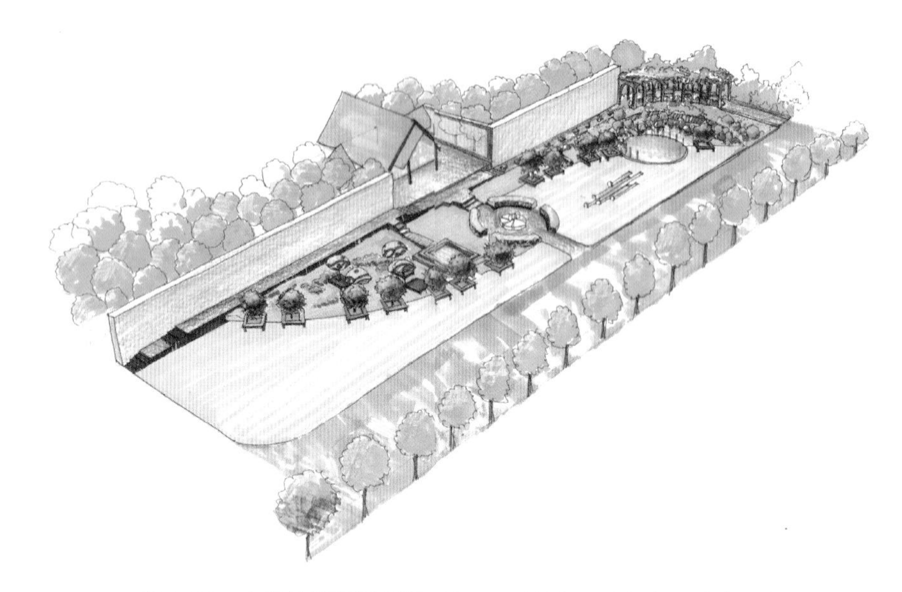

图5-115 小广场透视图表现 绘图纸 针管笔 彩色铅笔 马克笔 孟娇
画面以简洁、温暖的淡黄色石材铺装，与绿色植物有机的搭配，生机盎然

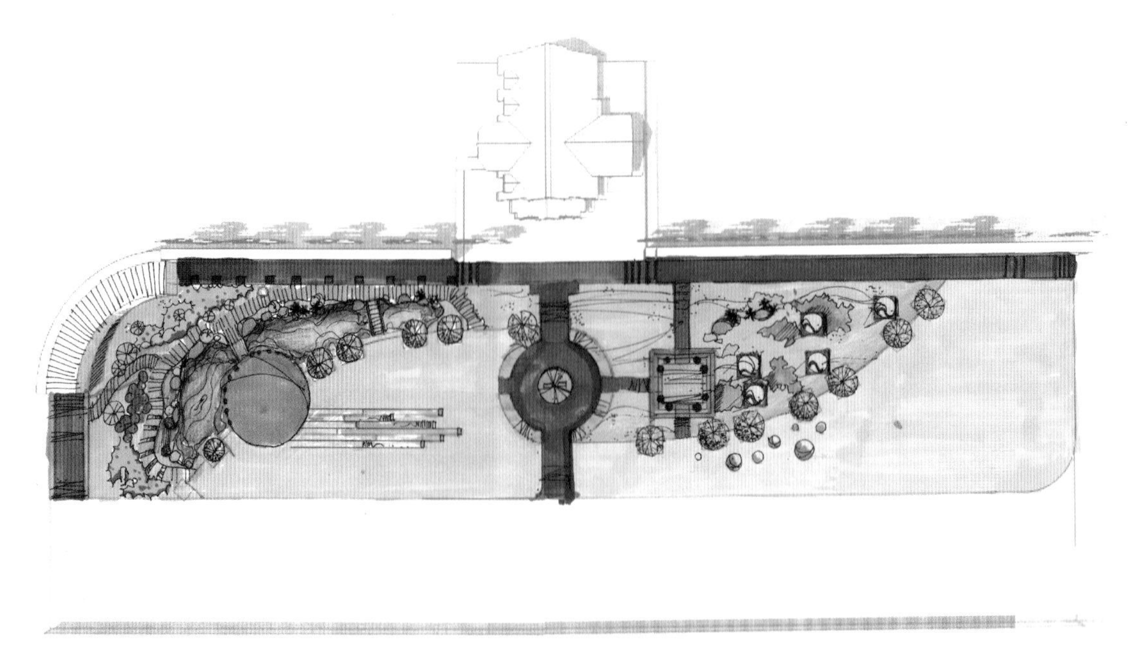

图5-116 小广场平面图表现 绘图纸 针管笔 彩色铅笔 马克笔 霍晓霞
以温暖的淡黄色石材完成简洁的铺装，铺装与环境搭配

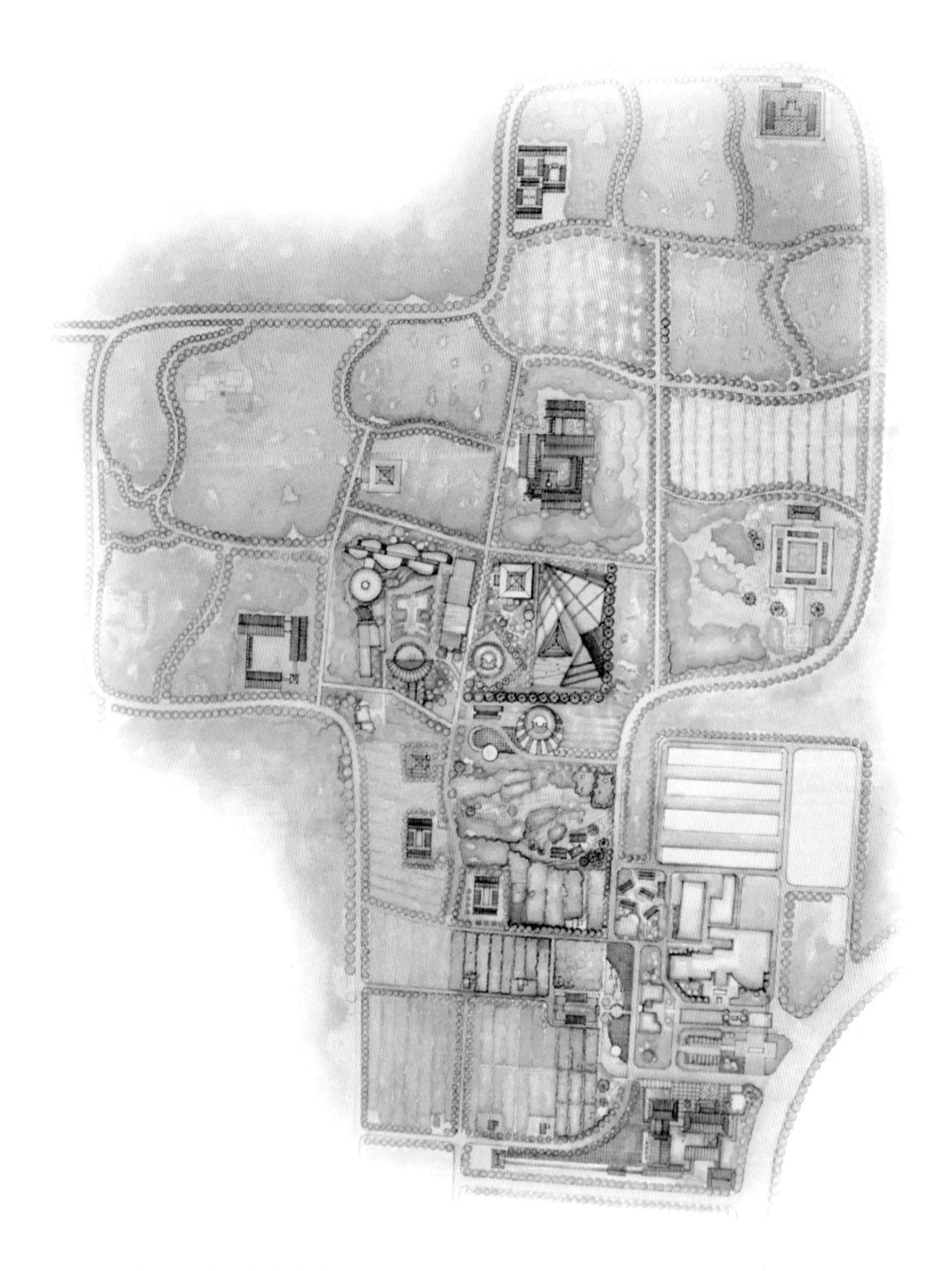

图5-117　景观总平面图表现　绘图纸　针管笔　彩色铅笔　马克笔　王晓　石江涛　霍晓霞　孟娇　陈海翔

陶艺村入口的设计采用“开门见山”的表现形式，用一条主线贯穿整个设计，大面积的绿色配以浅玫红、深蓝、土黄等色彩，丰富了平面图的色彩变化，增加了画面的立体感与深度感

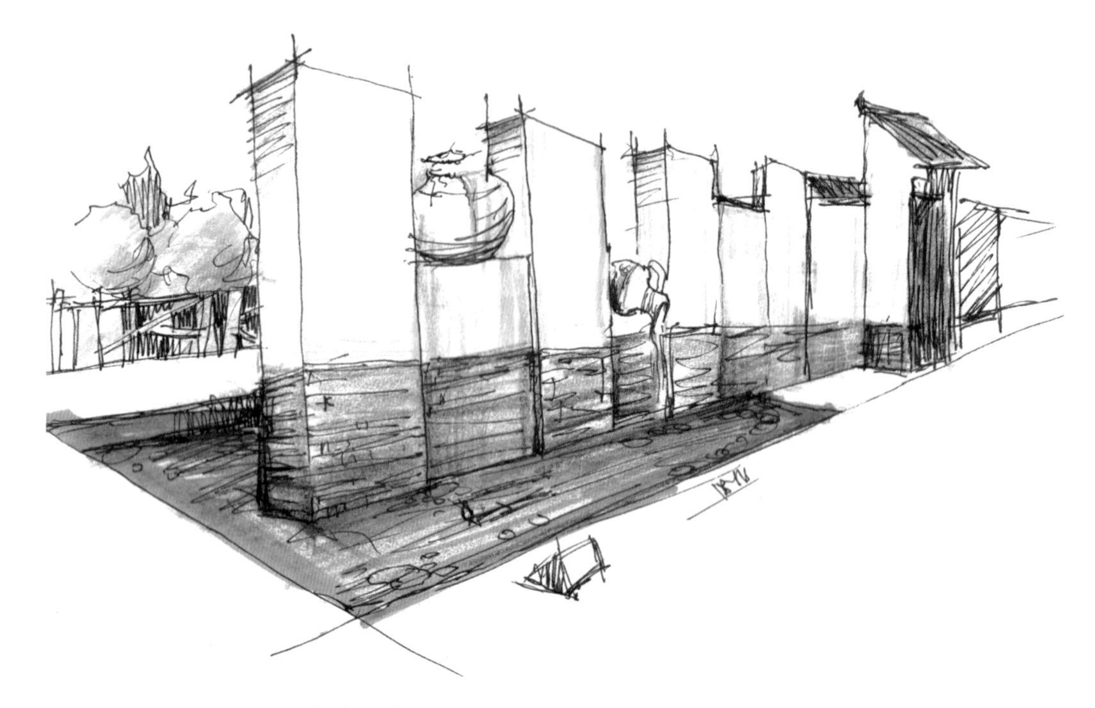

图5-118 烧烤区景观配景表现 绘图纸 针管笔 彩色铅笔 马克笔 霍晓霞

各种各样的陶瓶在户外开放式的展览，使游客近距离接触和观察优美的陶艺

图5-119 廊架透视图表现 绘图纸 针管笔 彩色铅笔 马克笔 王晓

以由浅入深的笔触表现出廊架的延伸感和画面的空间感

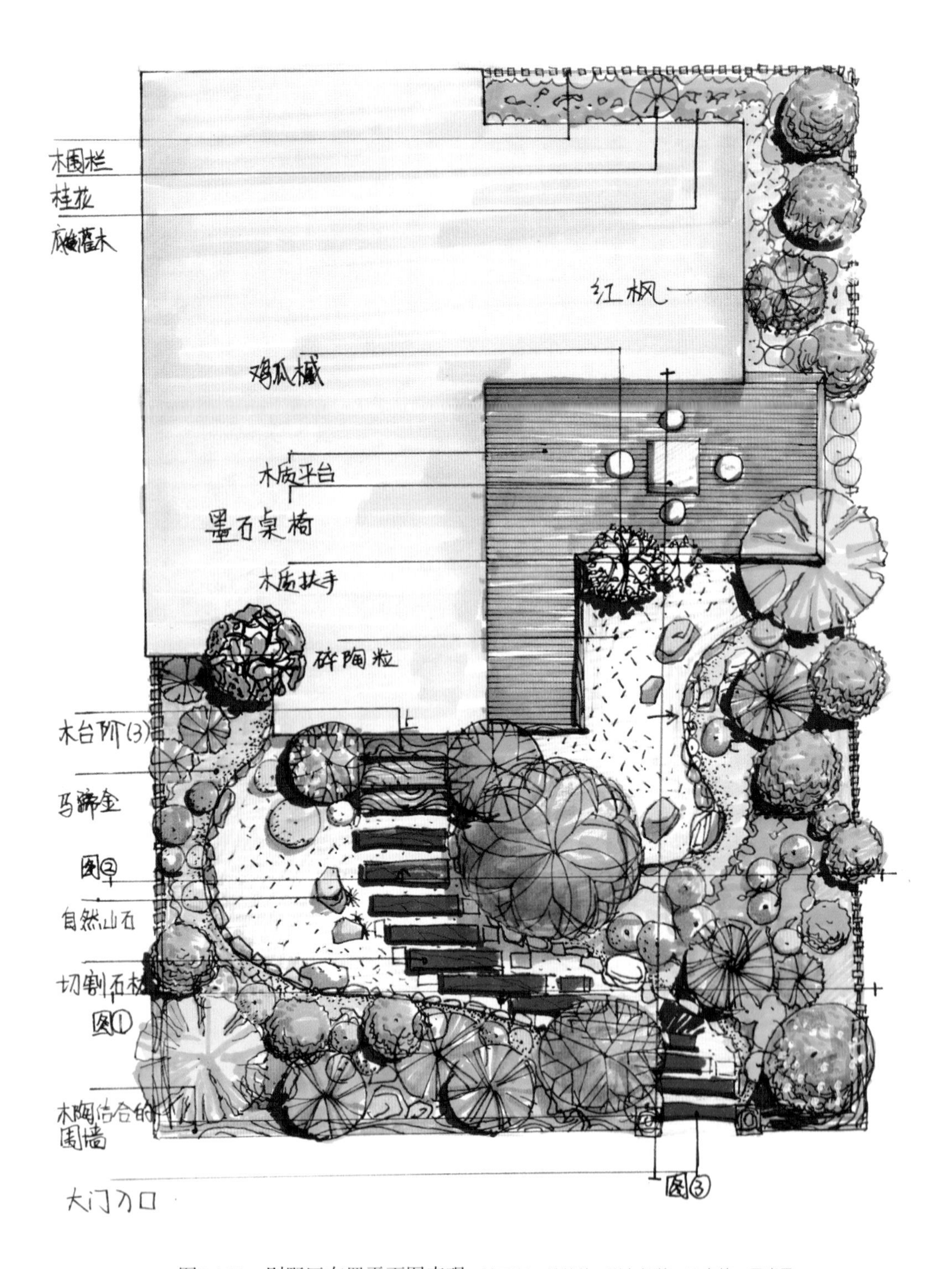

图5-120　别墅区布置平面图表现　绘图纸　针管笔　彩色铅笔　马克笔　霍晓霞

图5-121　休闲区入口表现　绘图纸　针管笔　彩色铅笔　马克笔　石江涛

景墙式的休闲区设计，采用了各种形态的陶罐，配上花草，具有较强的实用性

图5-122　烧烤区表现　绘图纸　针管笔　彩色铅笔　马克笔　石江涛

敞开式的草屋设计，让人在烧烤食物的同时，接触到户外的新鲜空气，享受与绿色植物融为一体的惬意

图5-123 陶瓷博物馆效果图表现 绘图纸 针管笔 彩色铅笔 马克笔 霍晓霞

博物馆的环境设计理念源自陶的概念，用淡雅的色调表现出陶艺村清净的空间环境

图5-124 博物馆效果表现 计算机辅助工具 霍晓霞

博物馆的设计形态源自陶的概念设计，使用统一的色调，营造出暮色的氛围

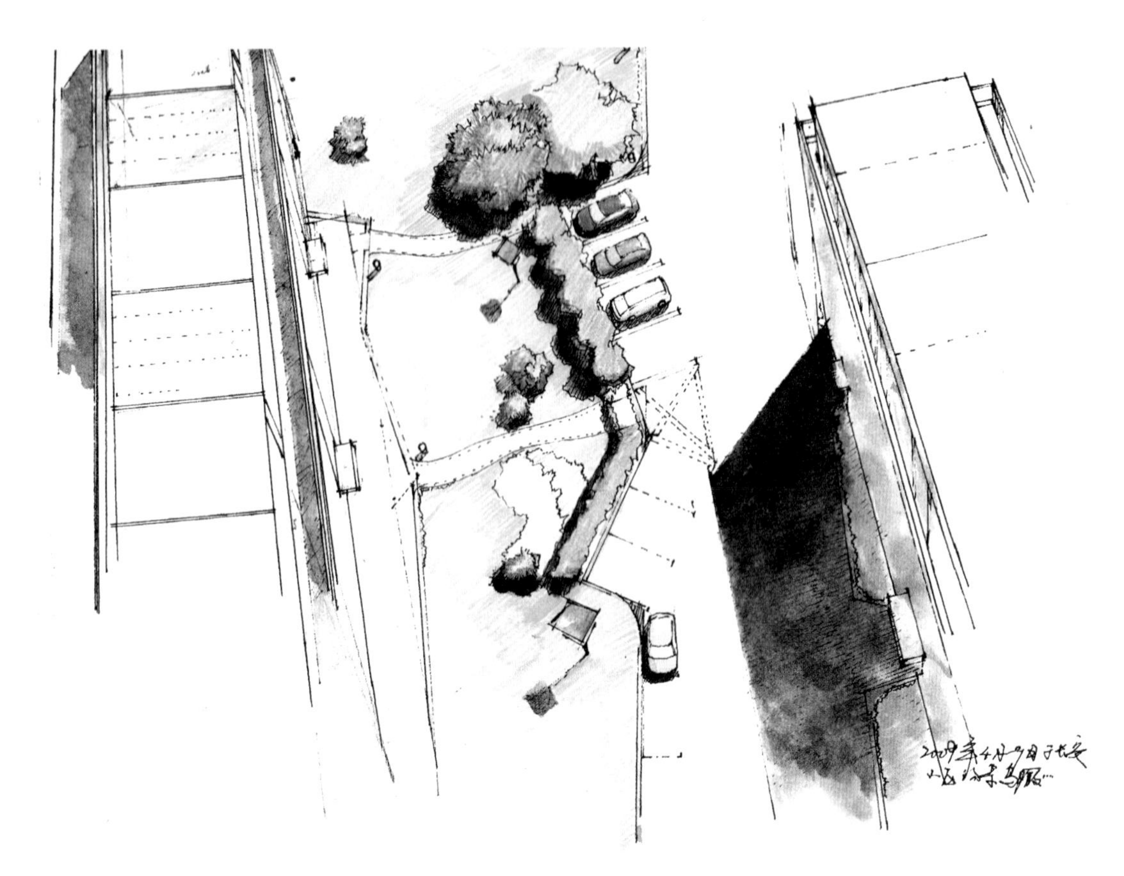

图5-125 小区景观俯视表现 绘图纸 针管笔 彩色铅笔 马克笔 29.7cm×21.0cm 黄亚栋

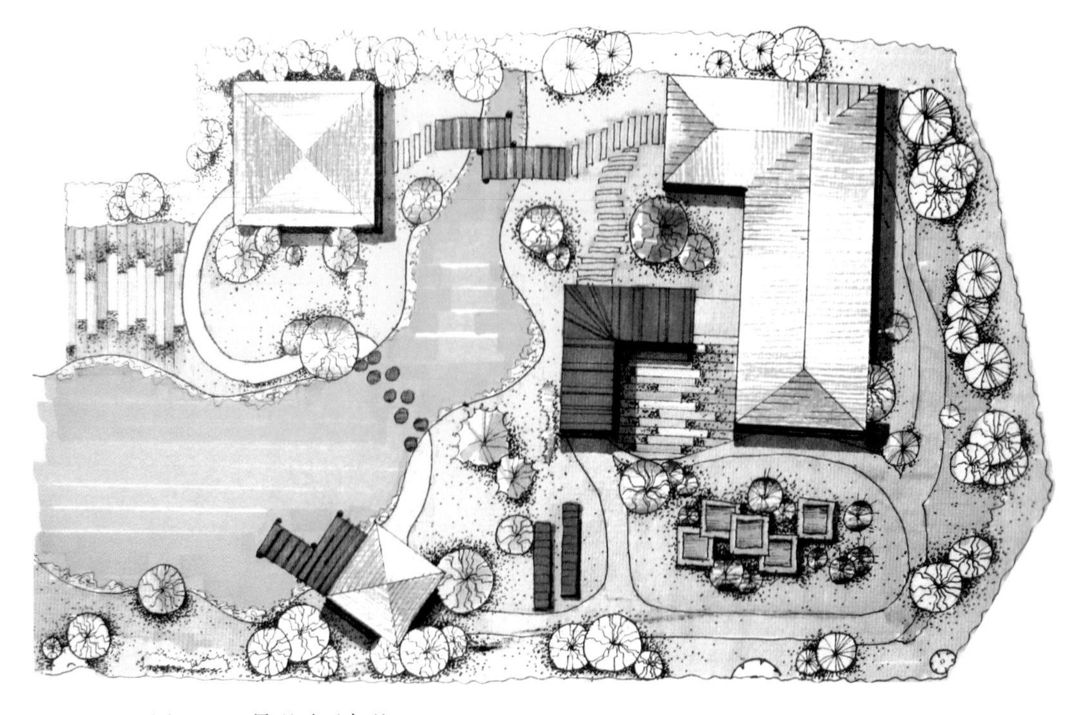

图5-126 景观平面表现 绘图纸 针管笔 彩色铅笔 马克笔 42.0cm×29.7cm 孔舜

图5-127　小景配置表现1　绘图纸　针管笔　彩色铅笔　马克笔　孟娇

座椅和树池结合在一起，环保又实用，表现上运用大面积的砖红色、地黄色，与少量的植物绿色形成强烈对比

图5-128　博物馆大透视表现　绘图纸　针管笔　彩色铅笔　马克笔　石江涛

几个博物馆的透视效果图。富有变化的绿色调配以土黄色基调的陶艺村建筑，相得益彰

图5-129　小景配置表现2　绘图纸　针管笔　彩色铅笔　马克笔　石江涛

中国古典园林里的漏窗设计，应用到现在的景观中，达到借景的效果。
用青灰色刻画砖瓦，与白墙拉开对比关系，趣味横生

图5-130　入口与休闲区的景观墙　针管笔　彩色铅笔　马克笔　石江涛

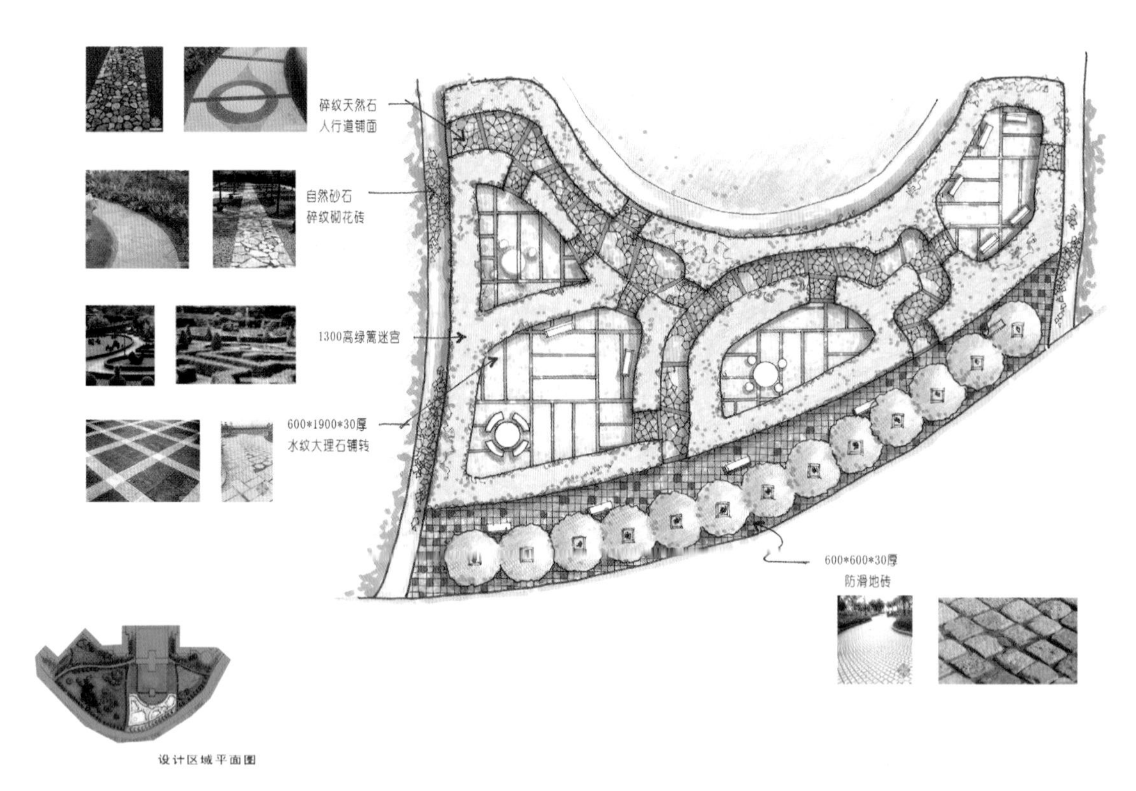

图5-131　景观小品1　绘图纸　针管笔　彩色铅笔　马克笔　42.0cm×29.7cm　王岚

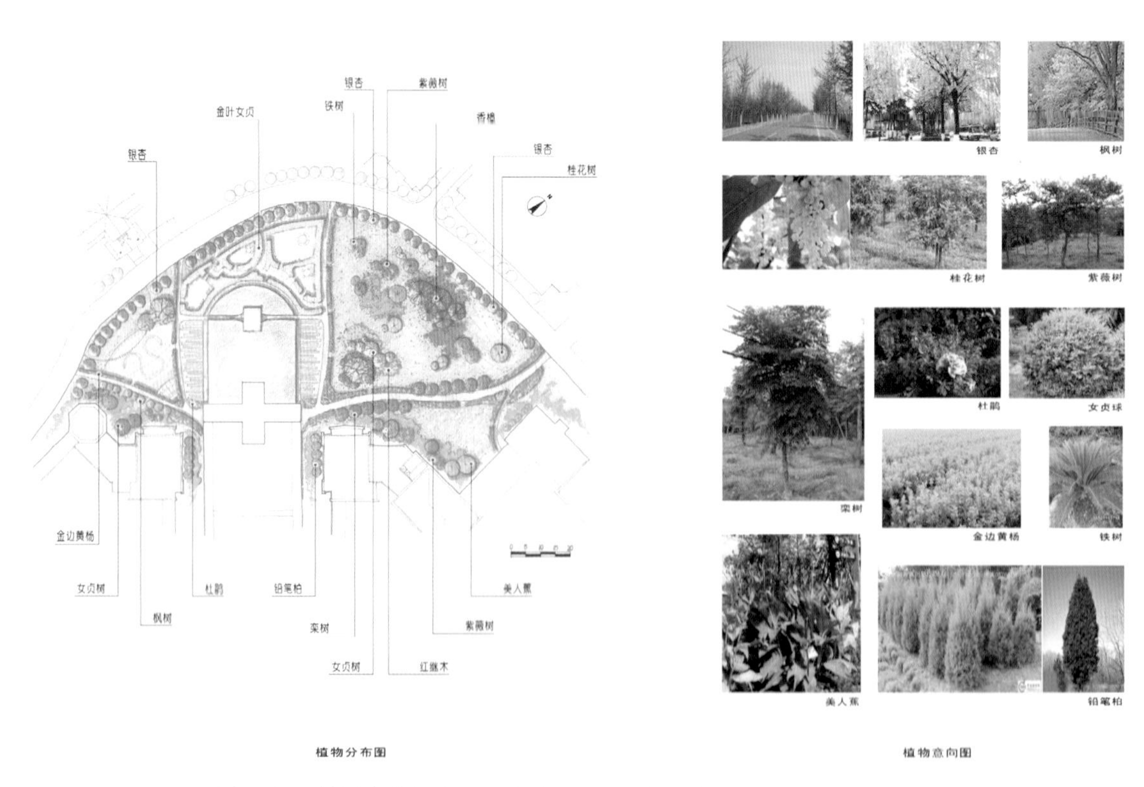

图5-132　景观小品2　绘图纸　针管笔　彩色铅笔　马克笔　42.0cm×29.7cm　王岚

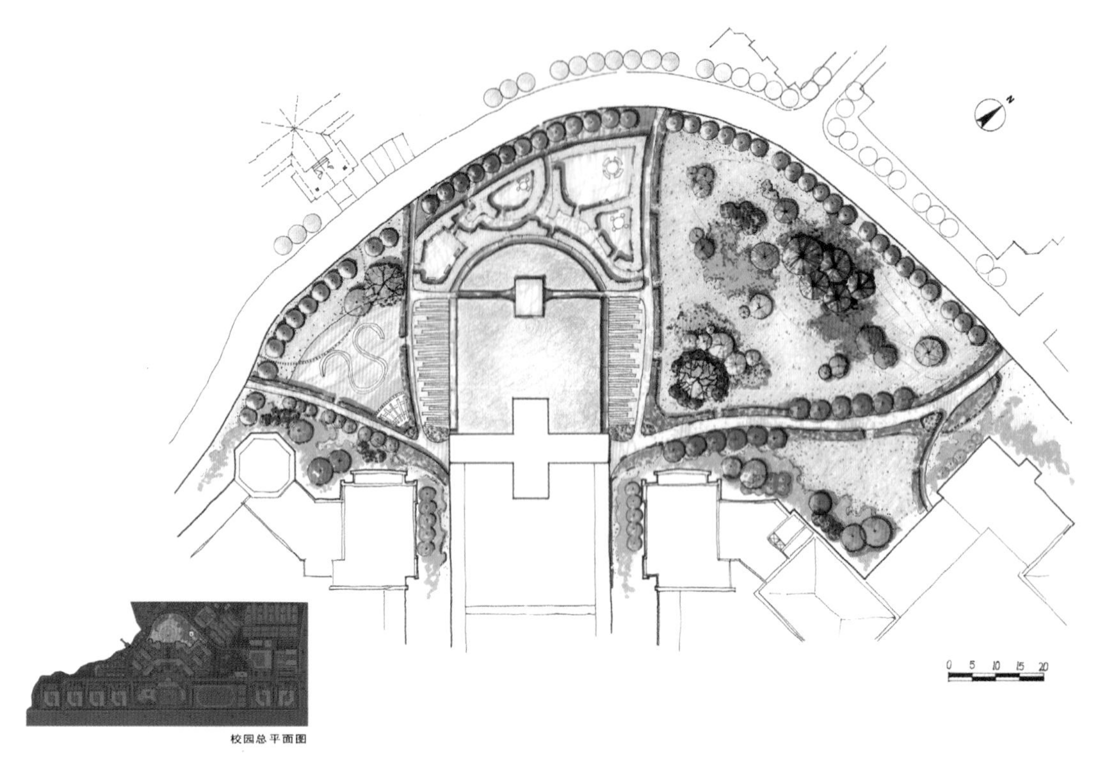

图5-133 景观小品3 绘图纸 针管笔 彩色铅笔 马克笔 42.0cm×29.7cm 王岚

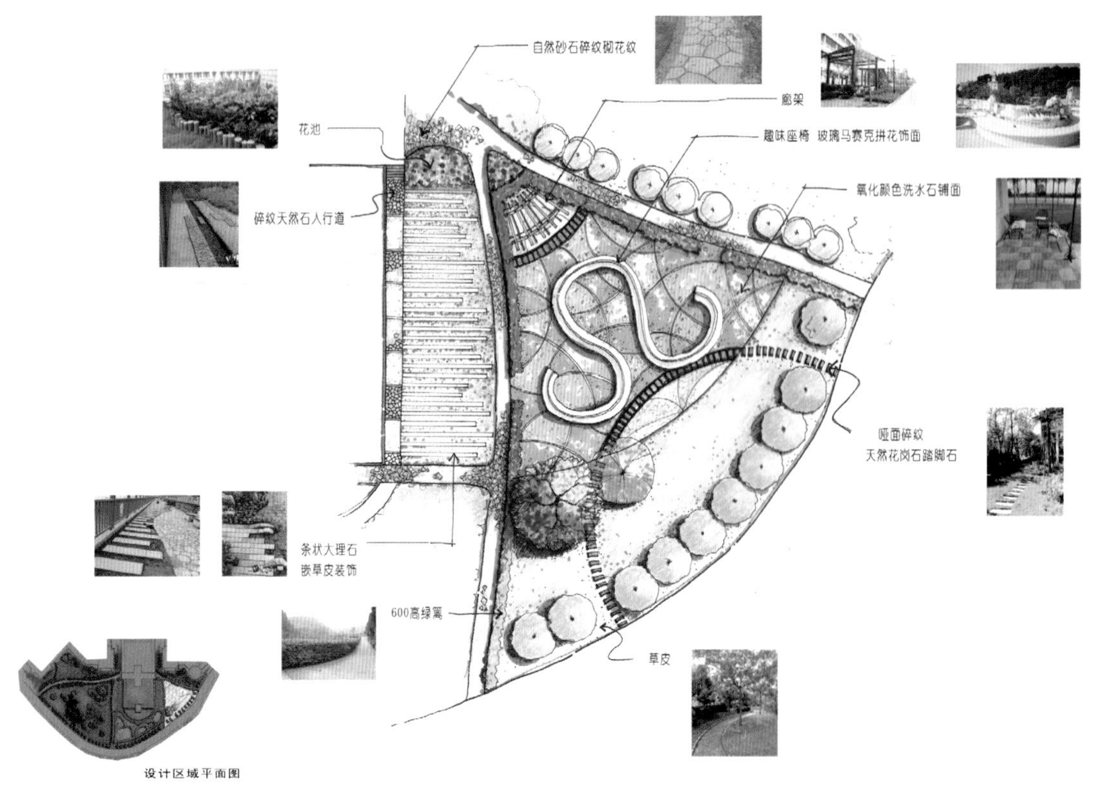

图5-134 景观小品4 绘图纸 针管笔 彩色铅笔 马克笔 42.0cm×29.7cm 王岚

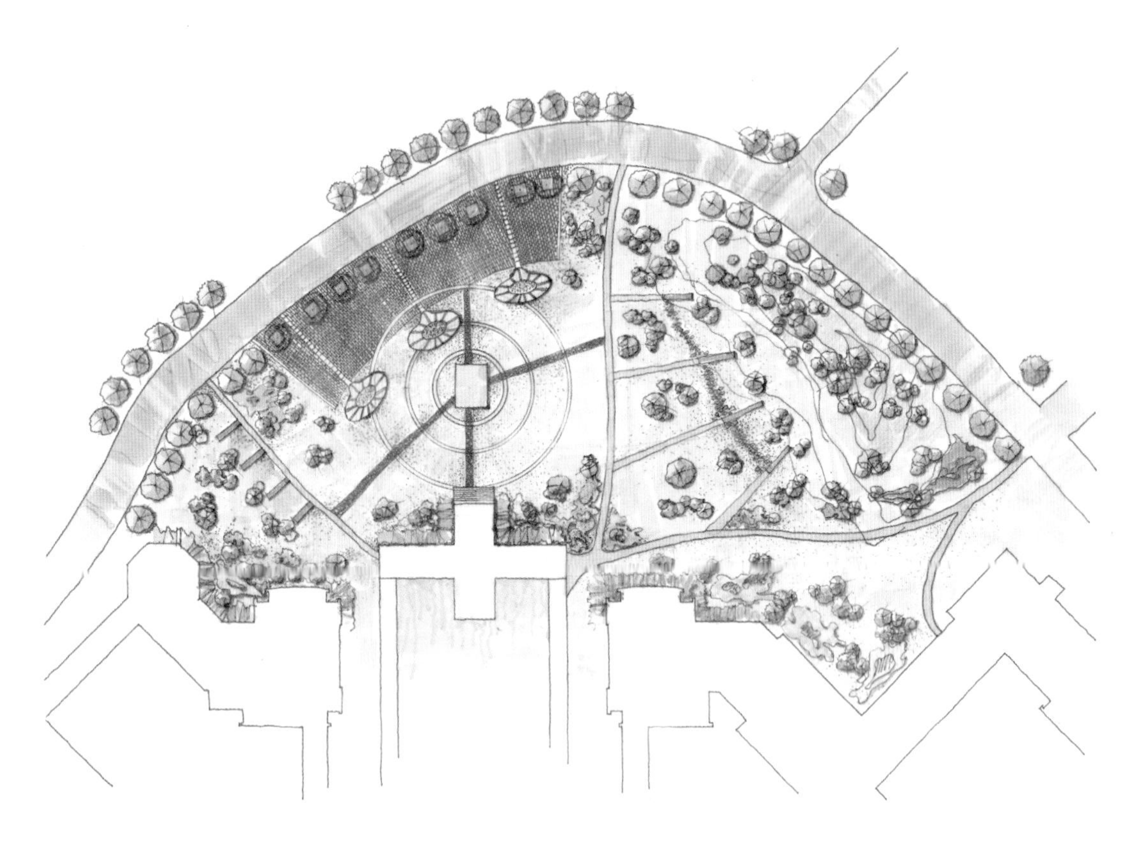

图5-135　景观小品5　绘图纸　针管笔　彩色铅笔　马克笔　42.0cm × 29.7cm　王岚

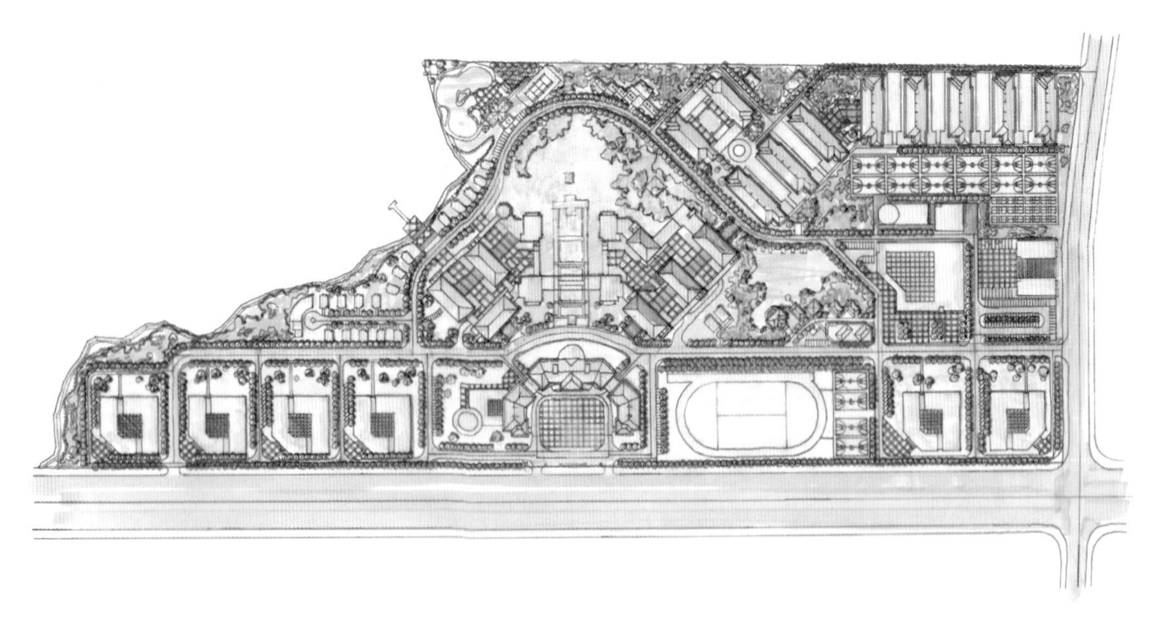

图5-136　景观小品6　绘图纸　针管笔　彩色铅笔　马克笔　42.0cm × 29.7cm　王岚

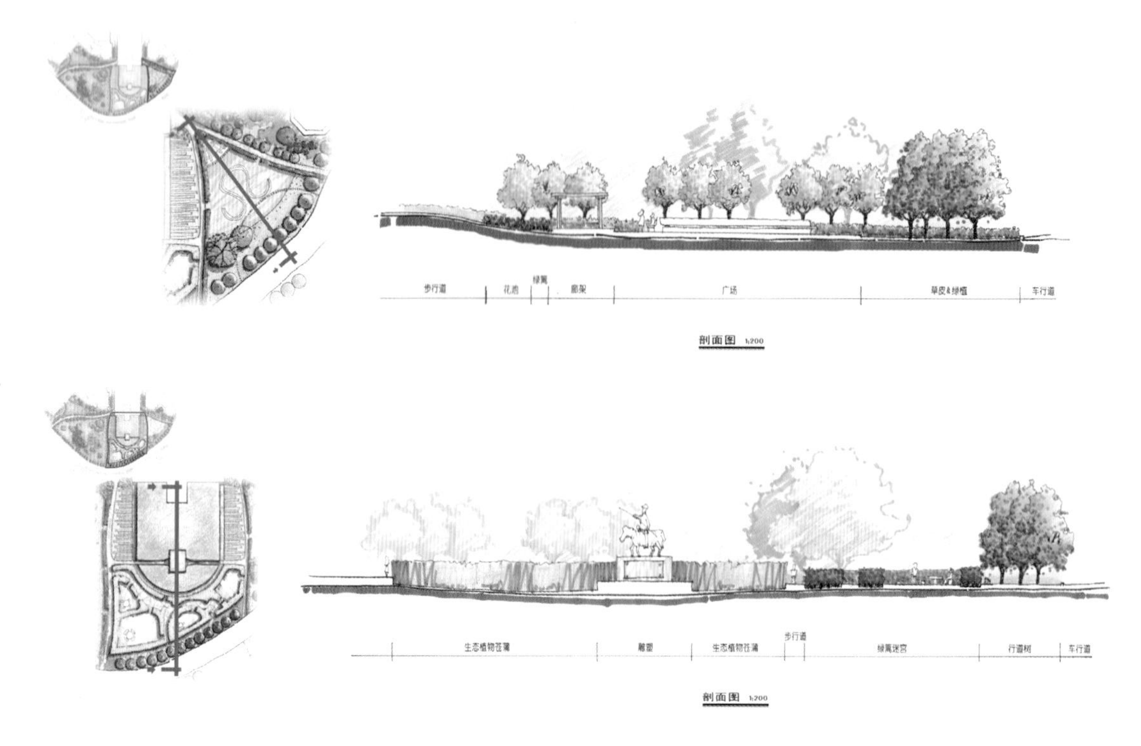

图5-137　景观小品7　绘图纸　针管笔　彩色铅笔　马克笔　42.0cm×29.7cm　王岚

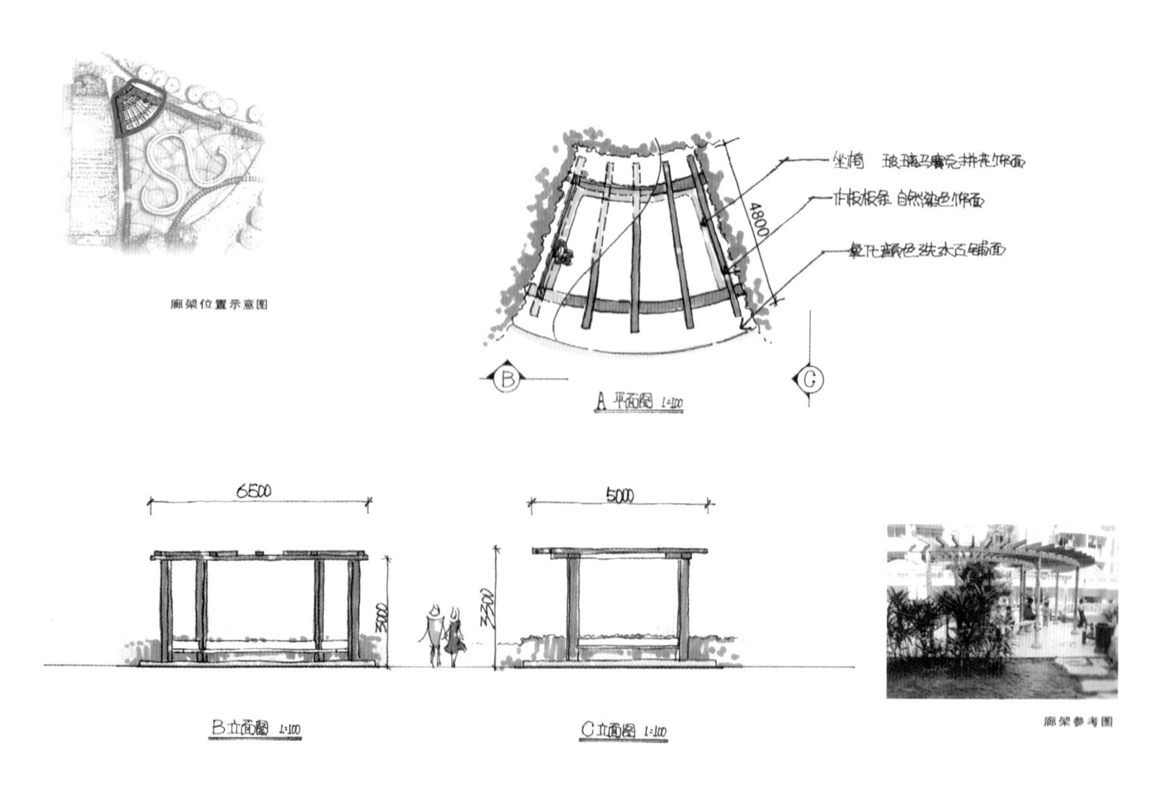

图5-138　景观小品8　绘图纸　针管笔　彩色铅笔　马克笔　42.0cm×29.7cm　王岚

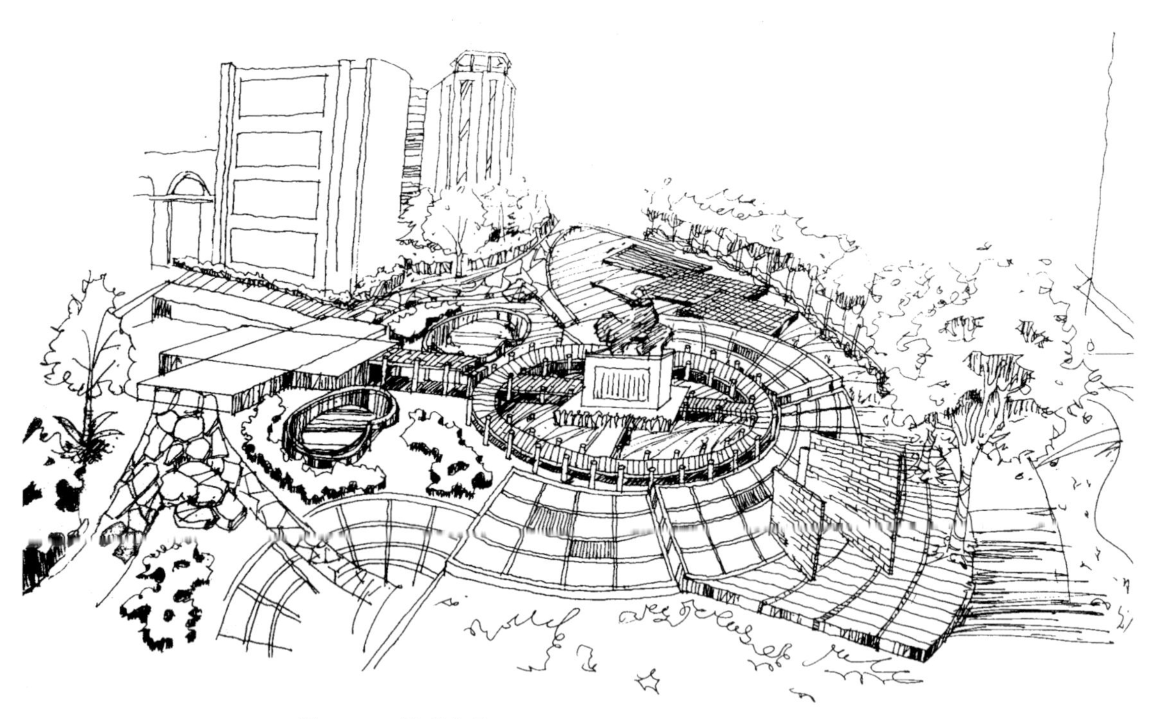

图5-139　景观小品9　绘图纸　针管笔　42.0cm × 29.7cm　王岚

图5-140　景观小品10　绘图纸　针管笔　彩色铅笔　马克笔　42.0cm × 29.7cm　王岚

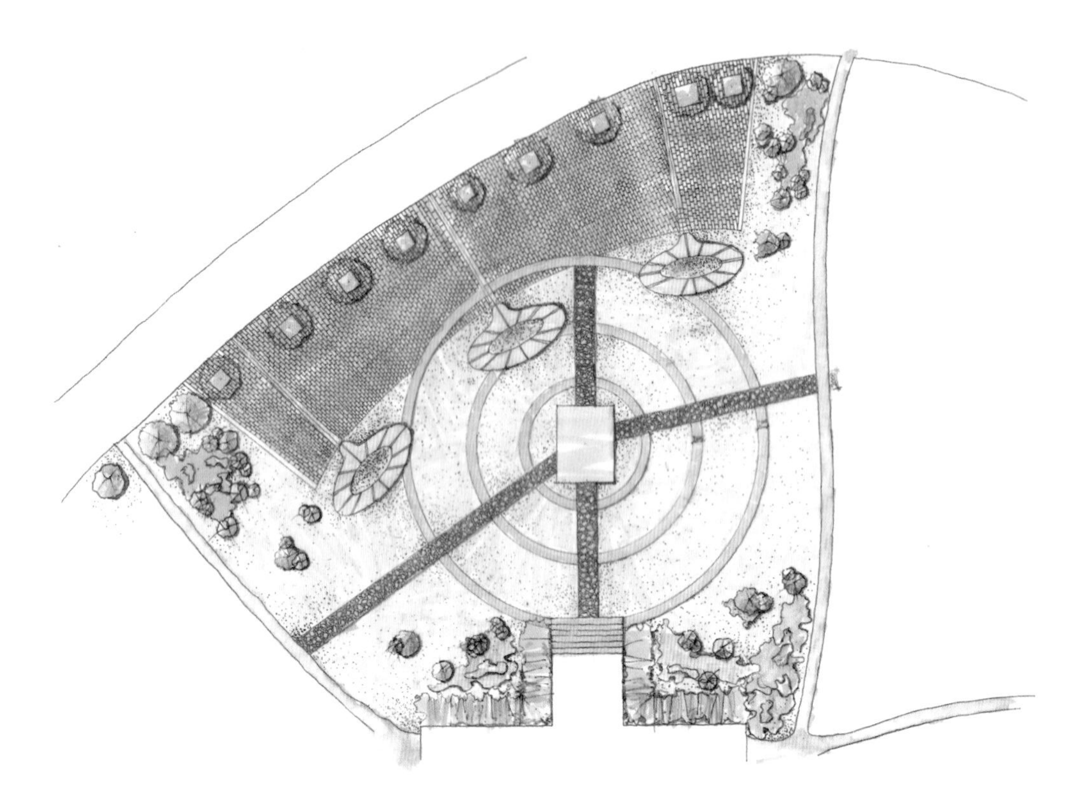

图5-141　景观小品11　绘图纸　针管笔　彩色铅笔　马克笔　42.0cm×29.7cm　王岚

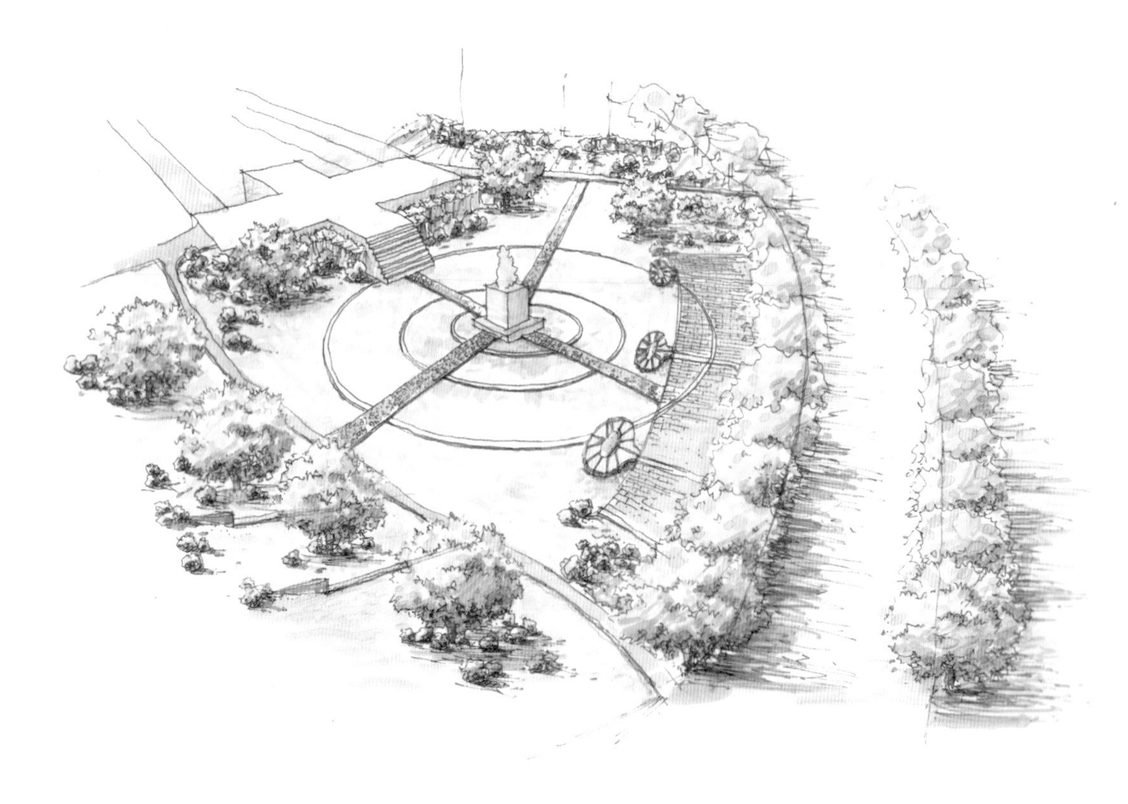

图5-142　景观小品12　绘图纸　针管笔　彩色铅笔　马克笔　42.0cm×29.7cm　王岚

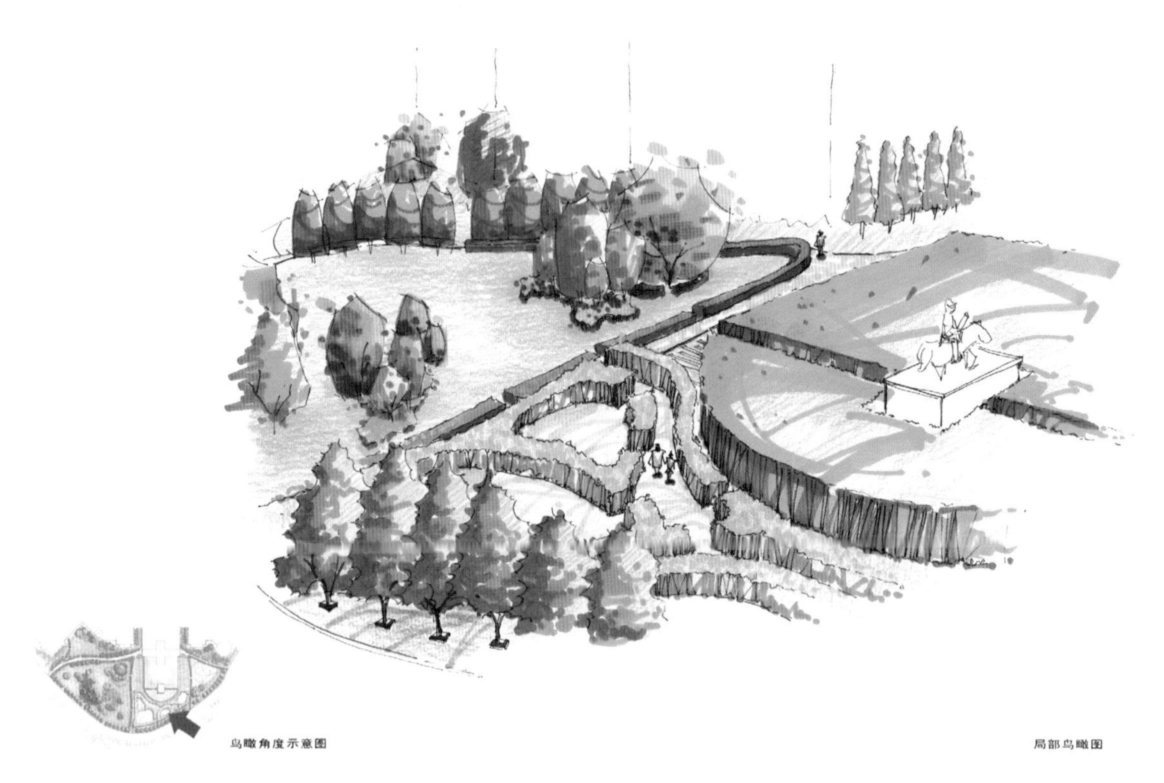

图5-143　景观小品13　绘图纸　针管笔　彩色铅笔　马克笔　42.0cm × 29.7cm　王岚

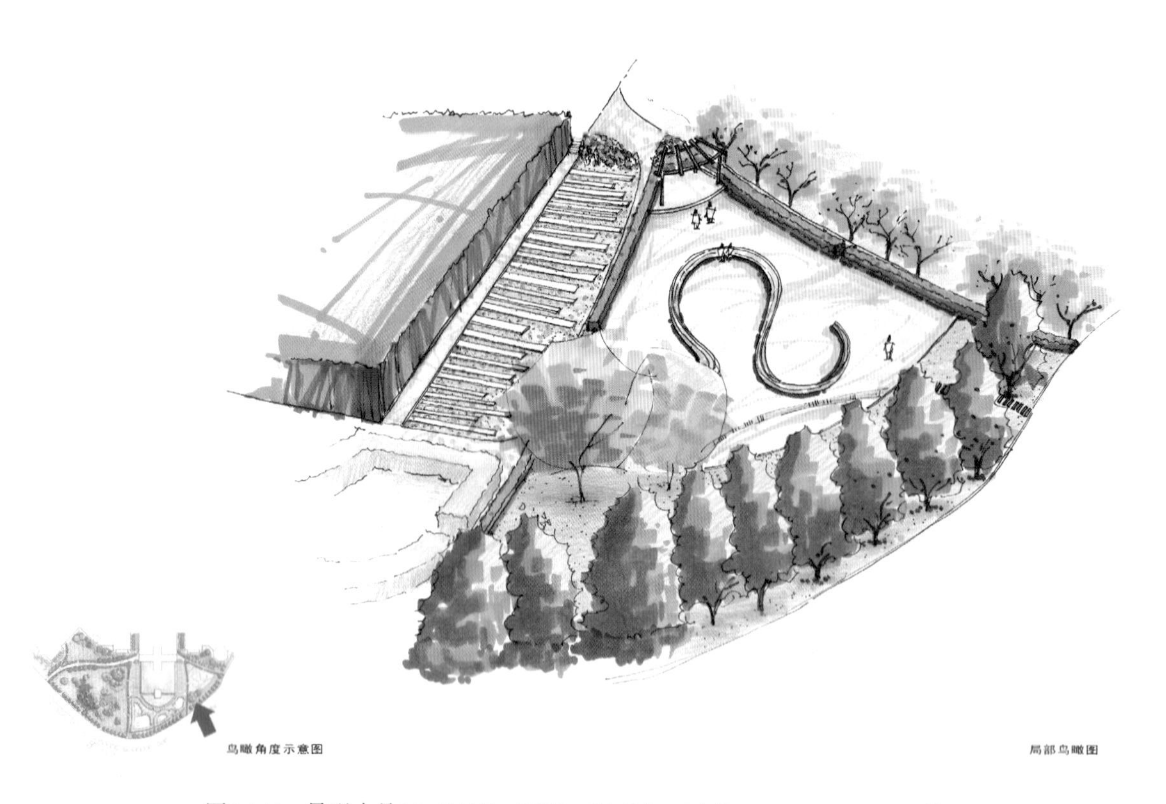

图5-144　景观小品14　绘图纸　针管笔　彩色铅笔　马克笔　42.0cm × 29.7cm　王岚

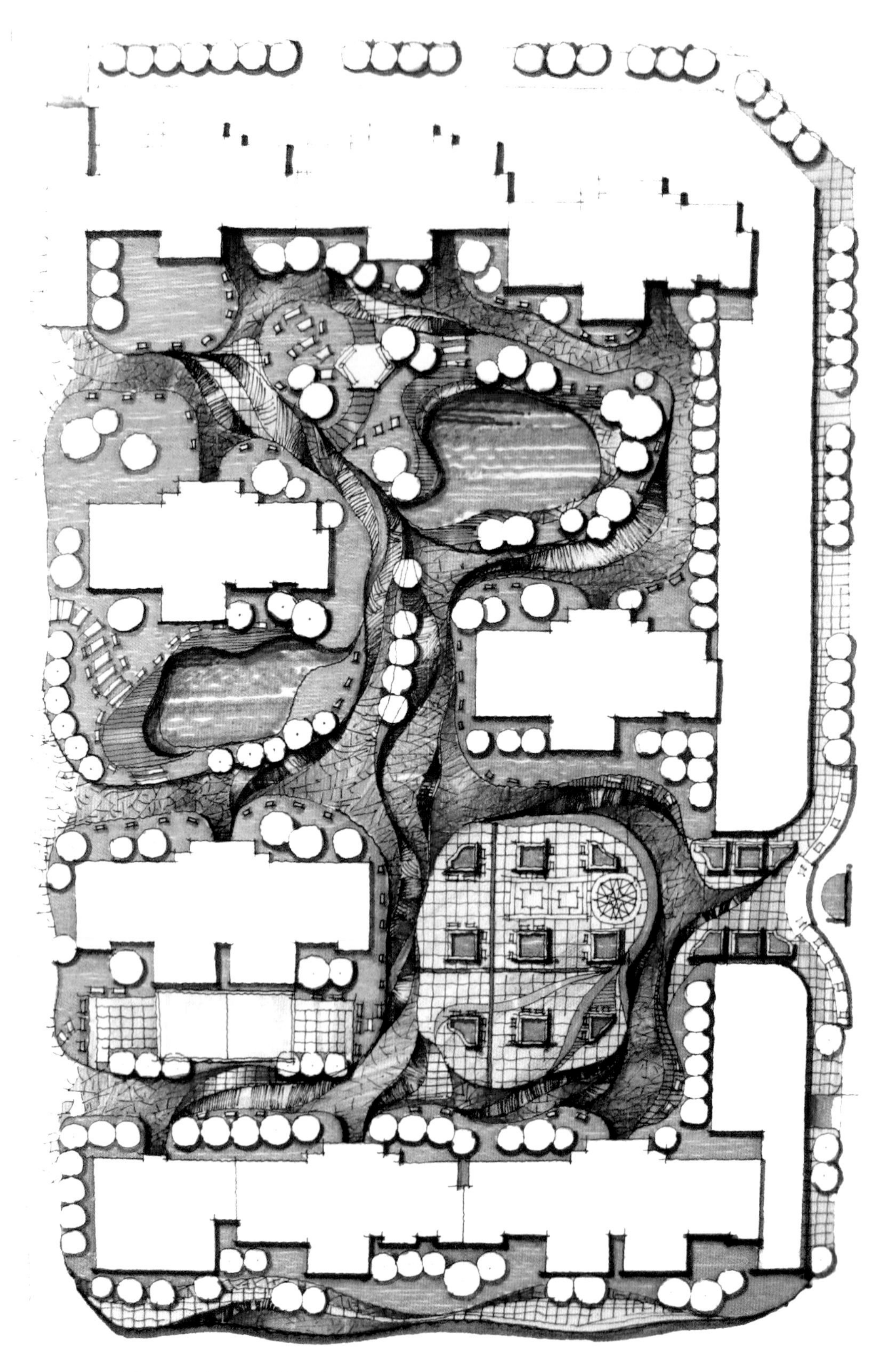

图5-145　景观平面图表现　绘图纸　针管笔　彩色铅笔　马克笔　29.7cm×42.0cm　高绪

第 6 章　环境艺术设计手绘表现之综合创作表现

建筑内、外部空间及环境景观综合创作表现

本章以优秀的作品、细腻的笔触、带领我们回顾前面章节的技法内容，为自我技法风格的形成，提供了有力的帮衬手段和启发原点，如图 6-1～图 6-15 所示。

图6-1　建筑设计表现1　绘图纸　针管笔　彩色铅笔　马克笔　高绪

图6-2　建筑设计表现2　绘图纸　针管笔　彩色铅笔　马克笔　高绪

图6-3　建筑设计表现3　绘图纸　针管笔　彩色铅笔　马克笔　高绪

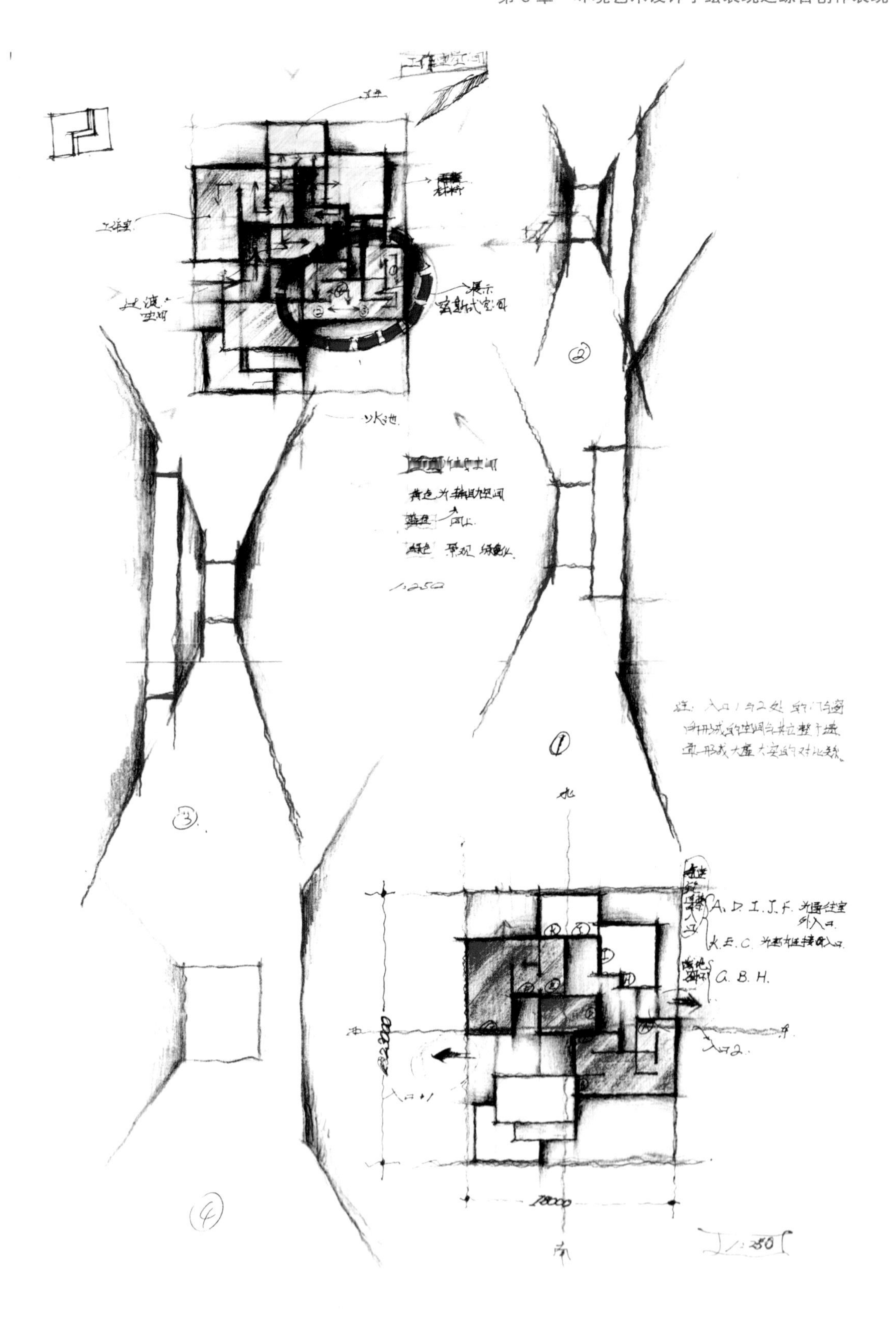

图6-4　建筑设计表现4　绘图纸　针管笔　彩色铅笔　马克笔　高绪

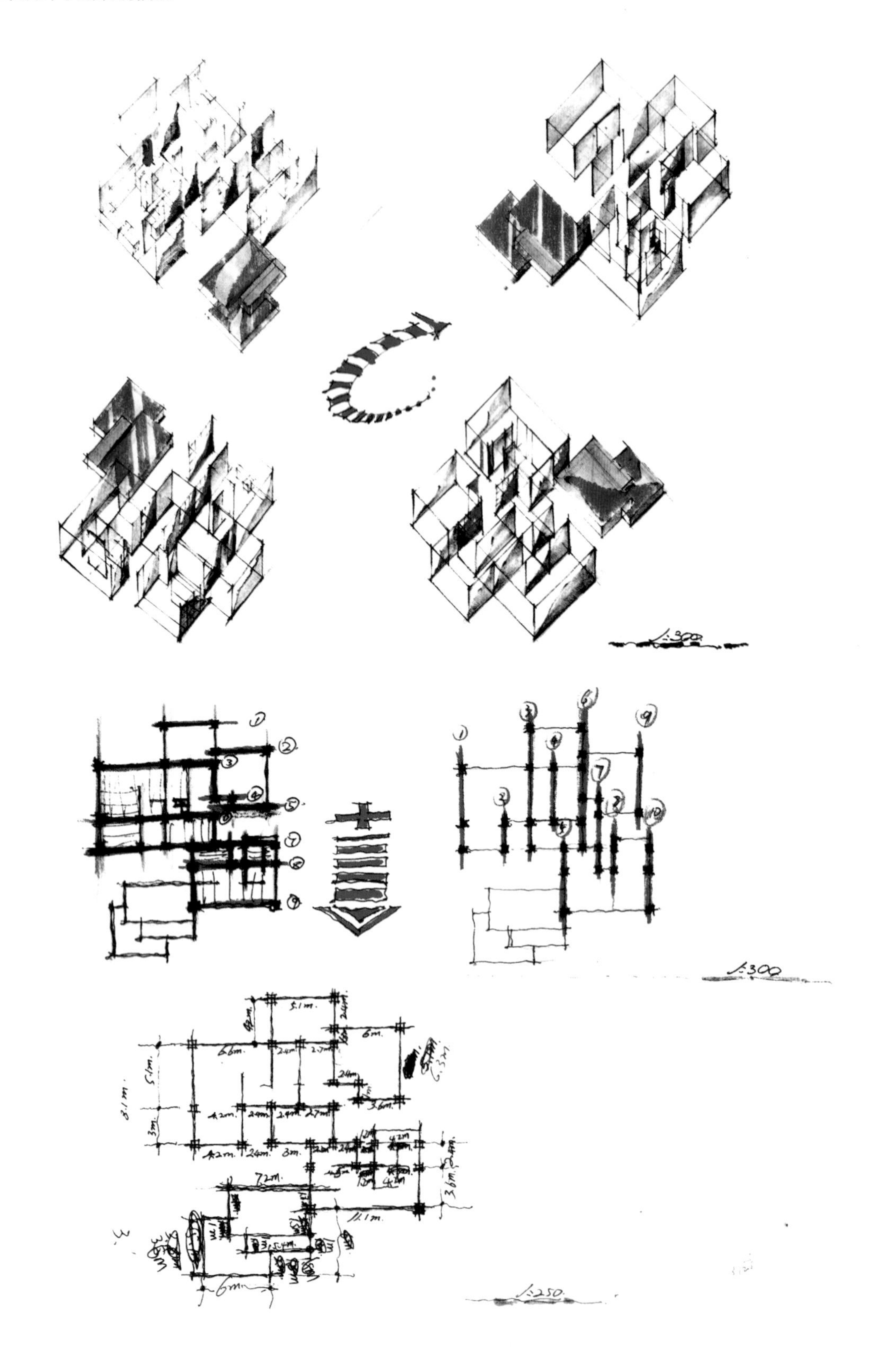

图6-5　建筑设计表现5　绘图纸　针管笔、彩色铅笔　马克笔　高绪

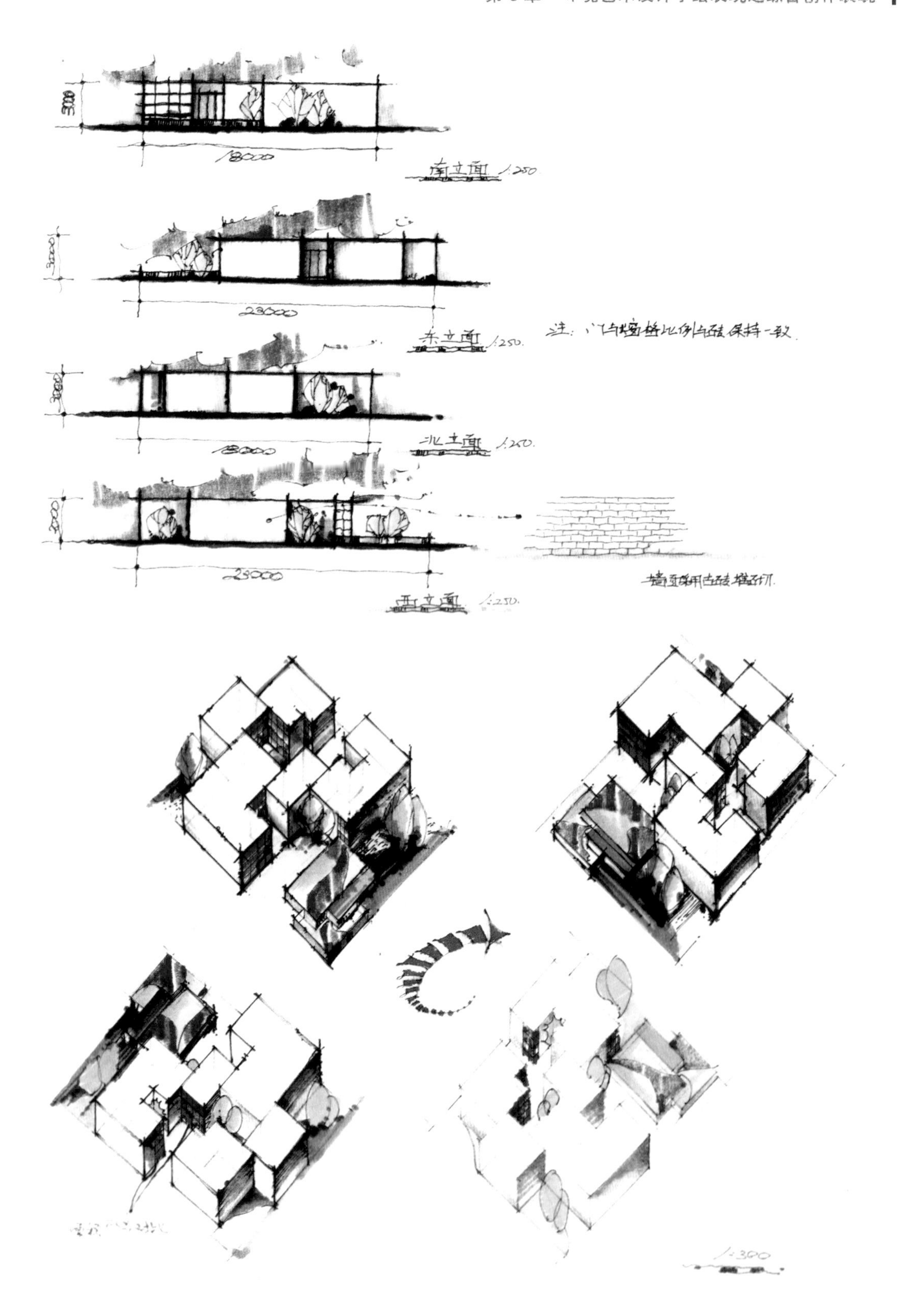

图6-6　建筑设计表现6　绘图纸　针管笔　彩色铅笔　马克笔　高绪

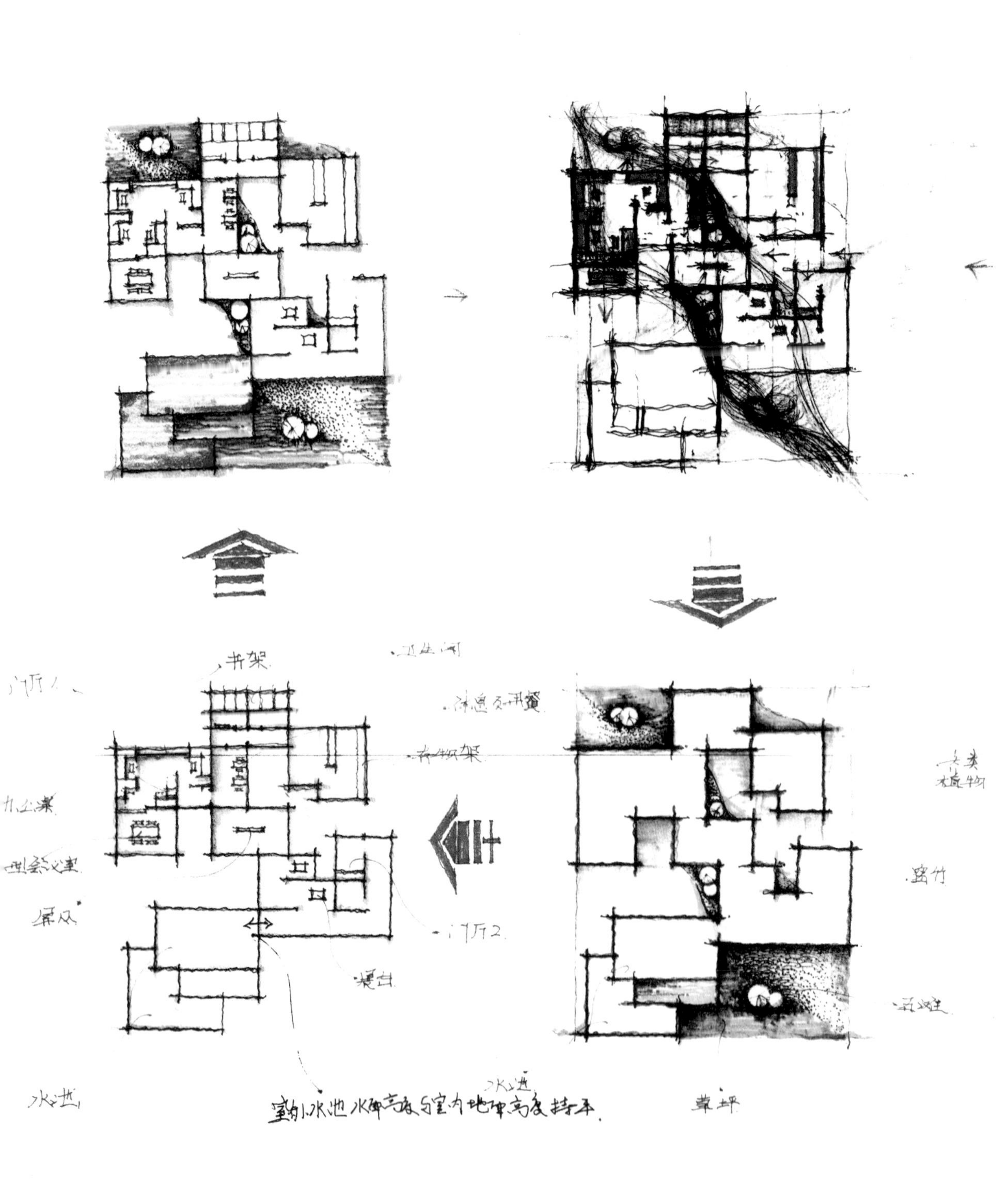

图6-7　建筑设计表现7　绘图纸　针管笔　彩色铅笔　马克笔　高绪

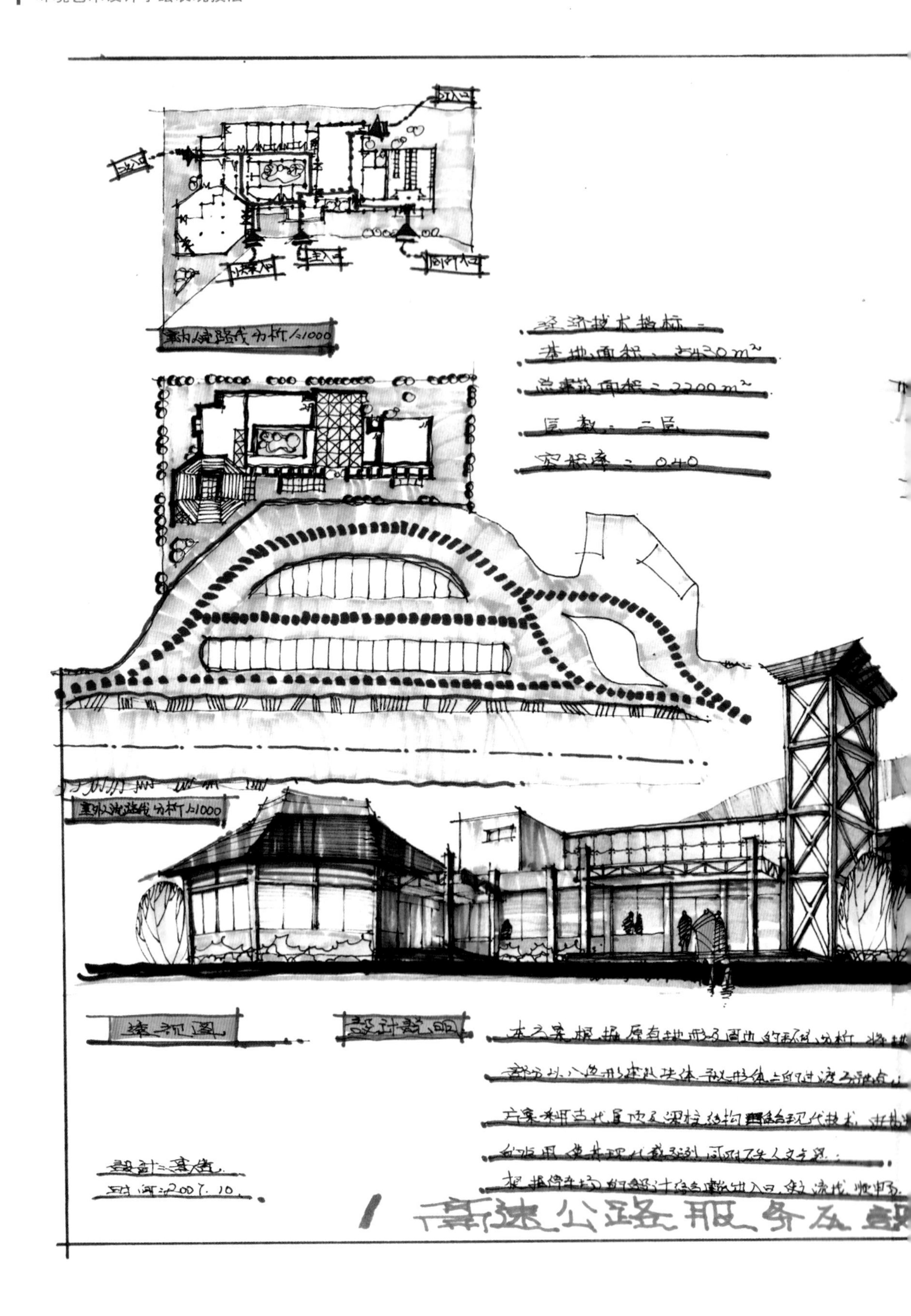
室内流线分析 1:1000
经济技术指标：
基地面积：5430m²
总建筑面积：2200m²
层数：二层
容积率：0.40
室外流线分析 1:1000
透视图
设计说明
时间：2007.10
高速公路服务区

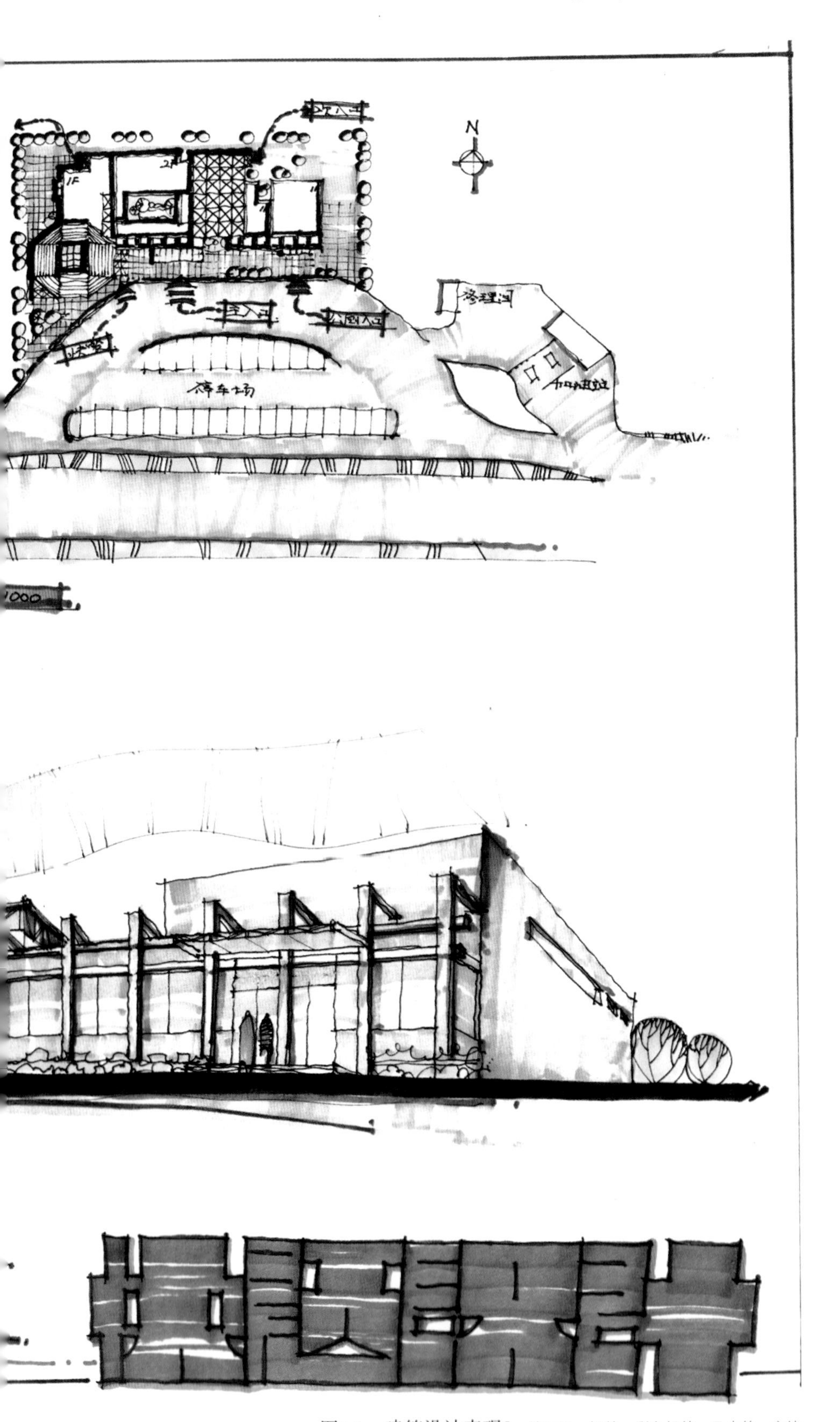

图6-8　建筑设计表现8　绘图纸　钢笔　彩色铅笔　马克笔　高绪

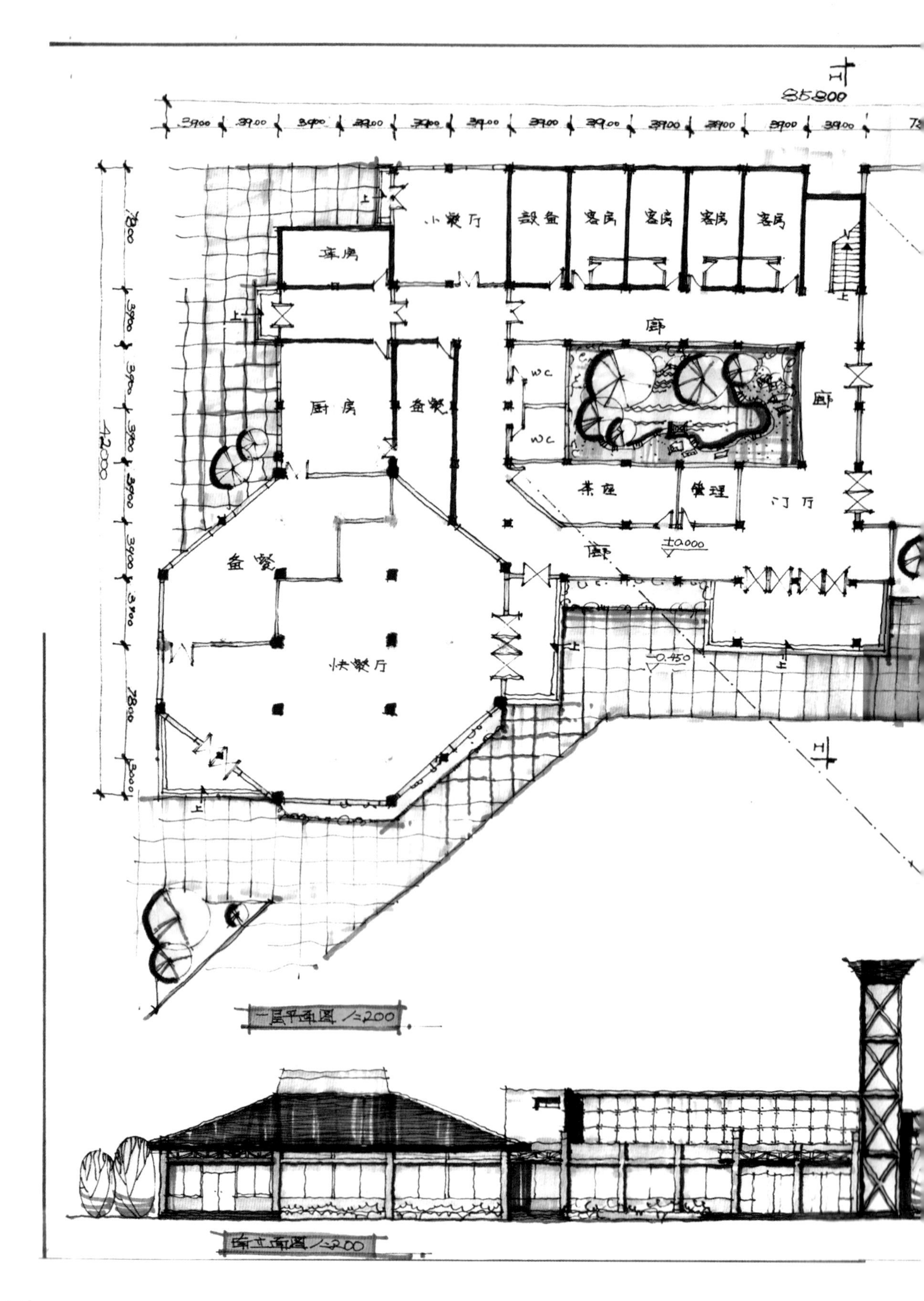

35800
3900
42000
7800
库房
小餐厅
设备
客房
客房
客房
客房
廊
厨房
备餐
WC
WC
茶座
管理
门厅
廊
±0.000
备餐
快餐厅
-0.450
上
一层平面图 1:200
南立面图 1:200

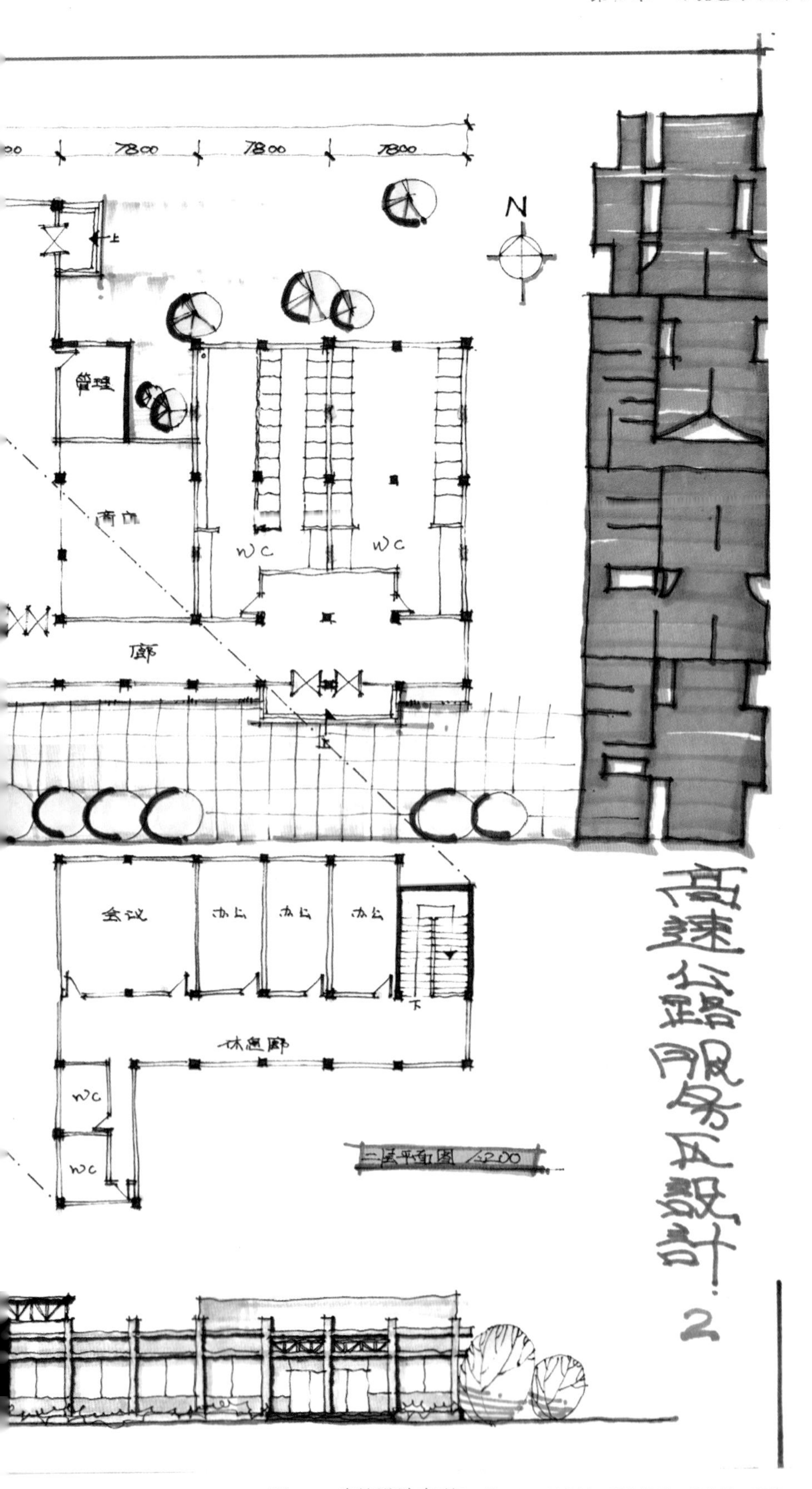

图6-9　建筑设计表现9　绘图纸　针管笔　彩色铅笔　马克笔　高绪

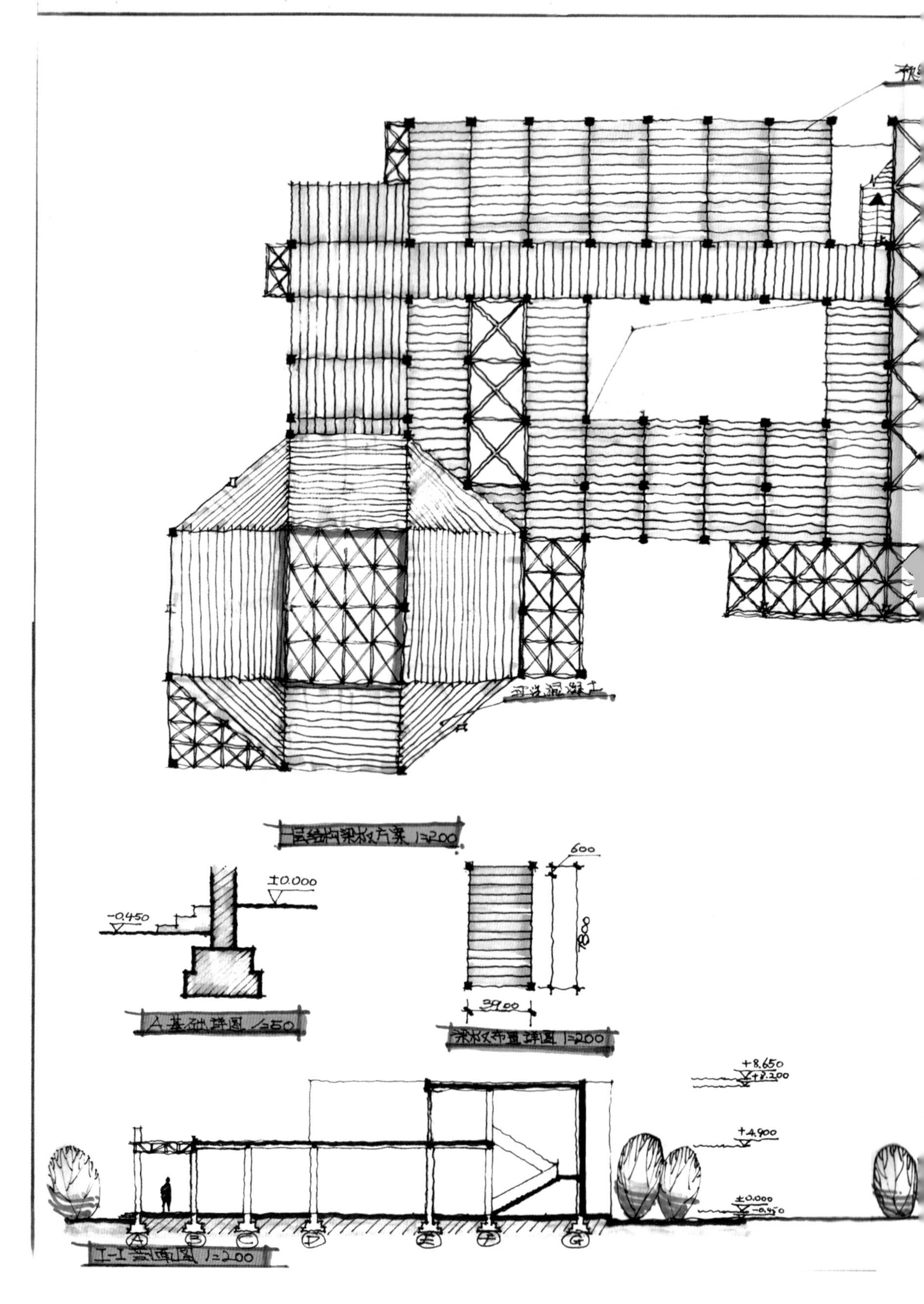
现浇混凝土
一层结构梁板方案 1:200
±0.000
-0.450
A基础详图 1:50
600
7800
3900
梁板布置详图 1:200
+8.650
+8.200
+4.900
±0.000
-0.450
A
B
C
D
E
F
G
I-I剖面图 1:200

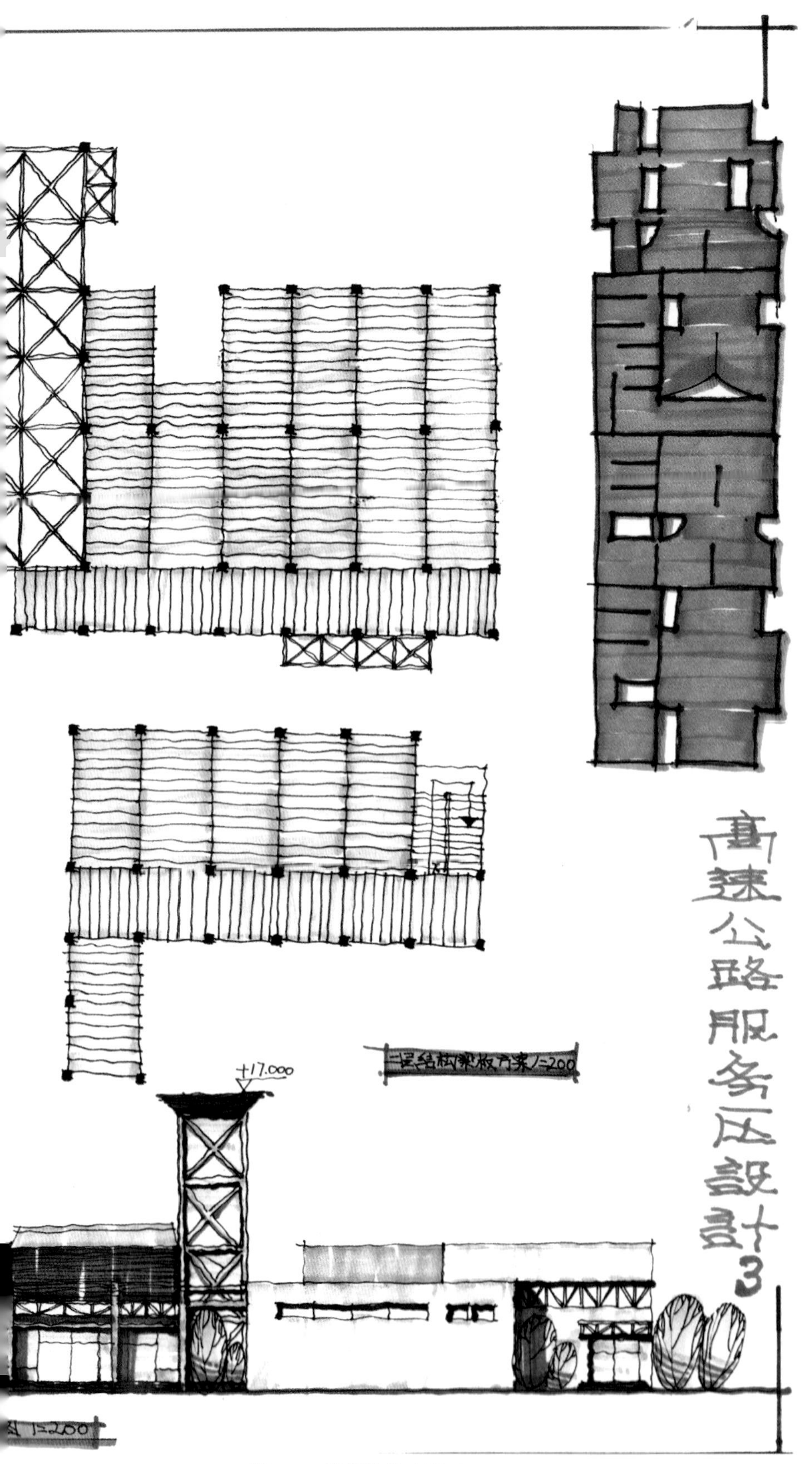

图6-10　建筑设计表现10　绘图纸　针管笔　彩色铅笔　马克笔　高绪

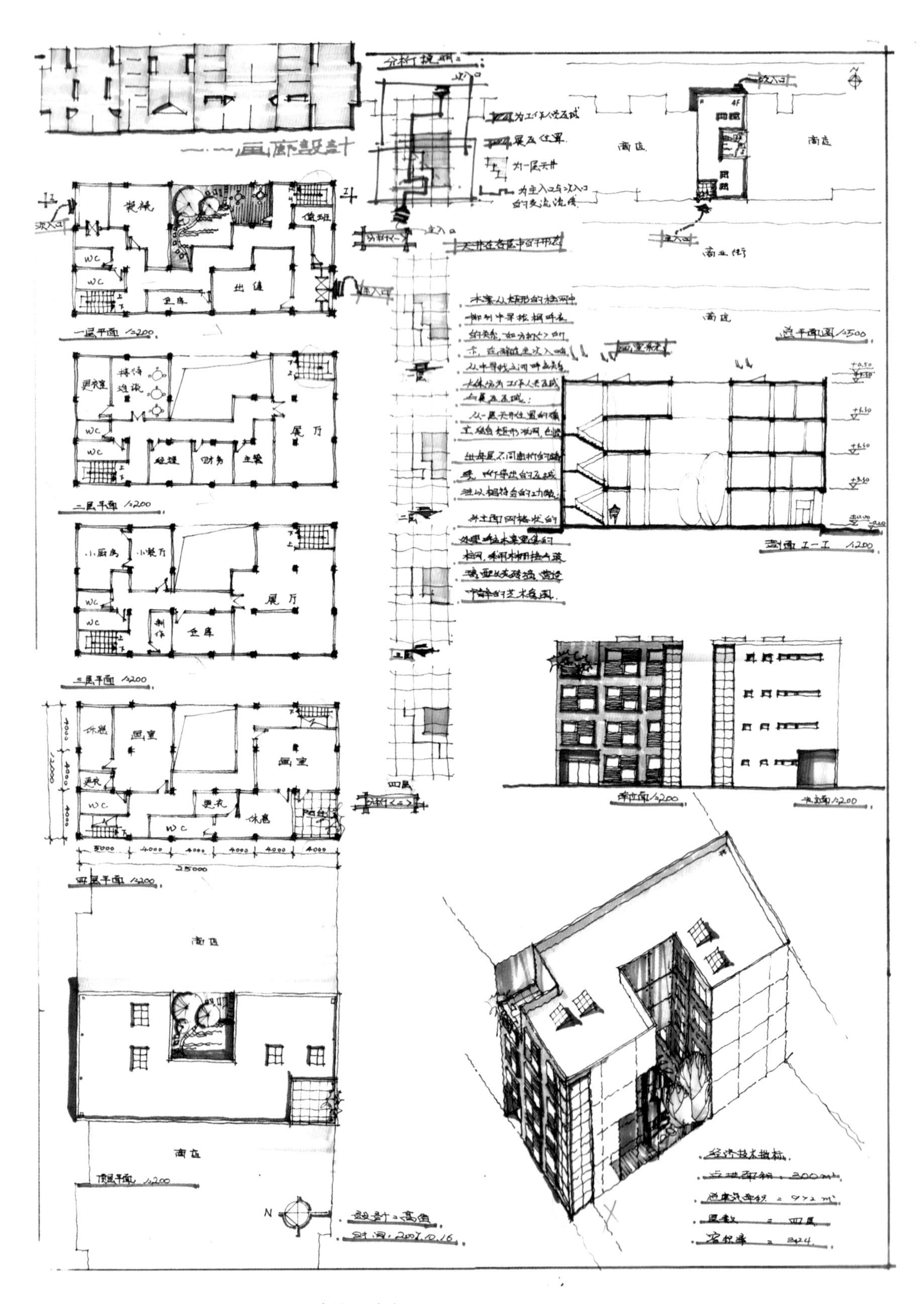

图6-11　建筑设计表现11　绘图纸　针管笔　彩色铅笔　马克笔　高绪

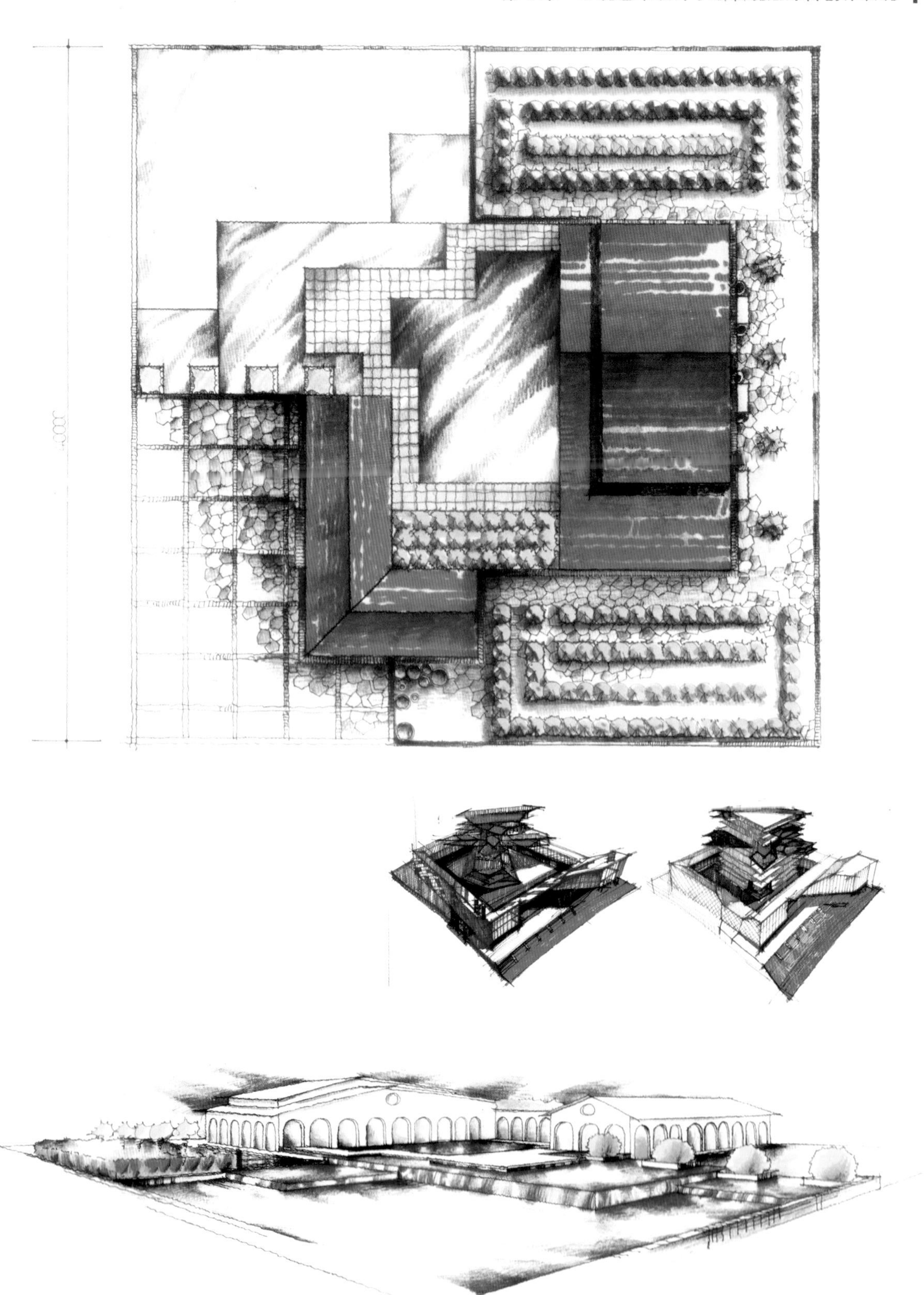

图6-12　建筑设计表现12　绘图纸　针管笔　彩色铅笔　马克笔　高绪

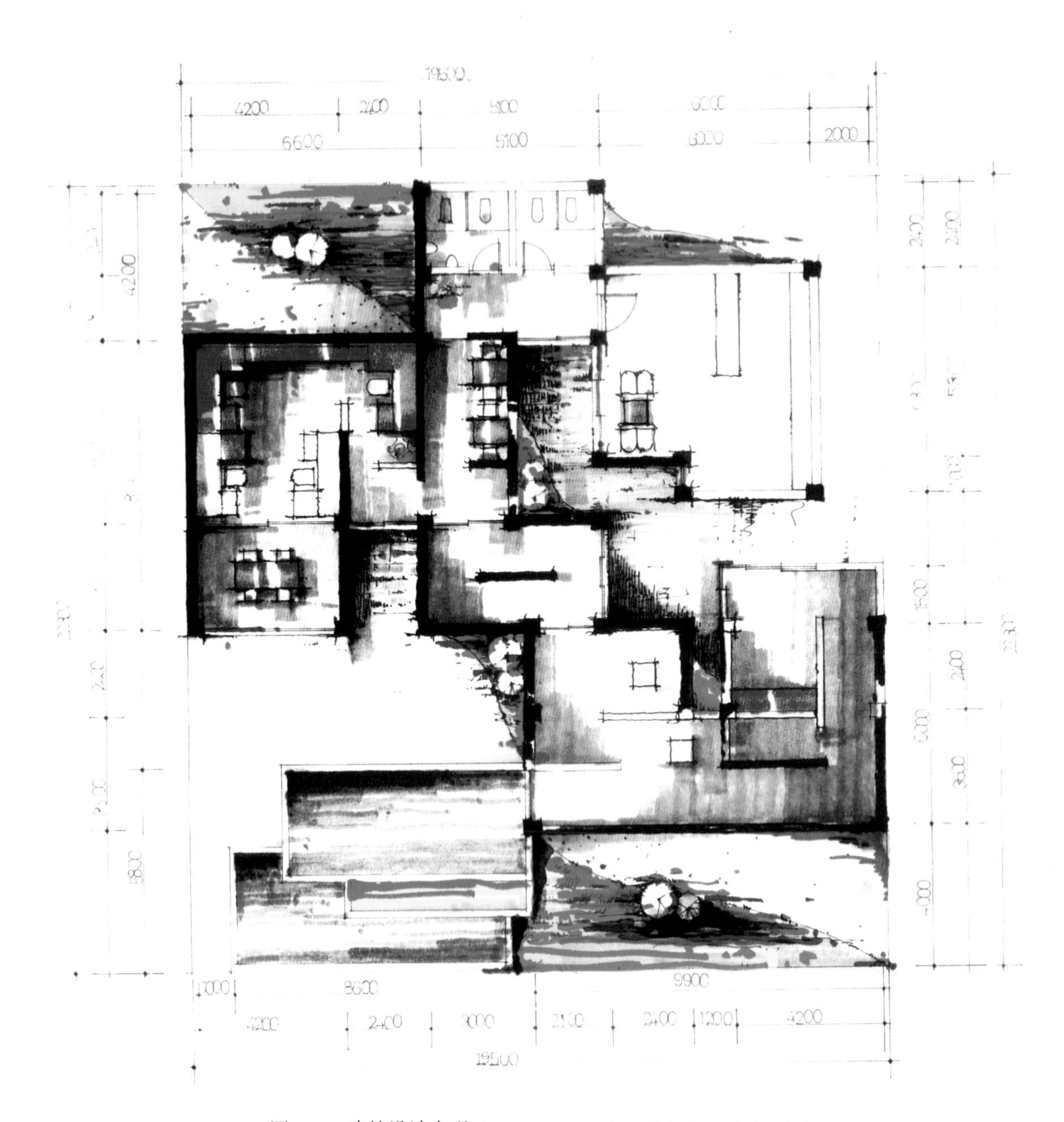

图6-13　建筑设计表现13　绘图纸　针管笔　彩色铅笔　马克笔　高绪

图6-14　建筑设计表现14　绘图纸　钢笔　孔舜

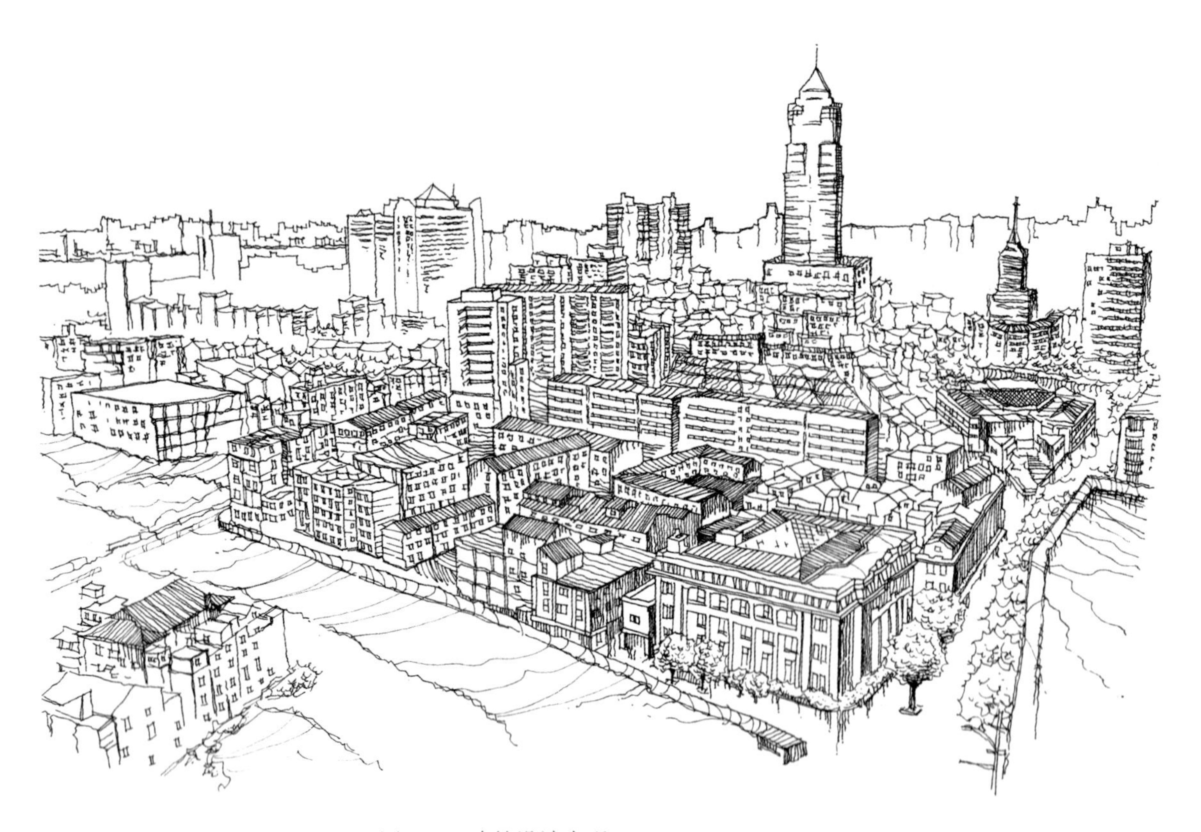

图6-15　建筑设计表现15　绘图纸　钢笔　孔舜

结 束 语

学好环境艺术设计手绘表现技法，可为后续的专业课程学习打下坚实的基础，避免手绘表现课程与专业课程知识链条脱节，走出“学好计算机专业软件就可以替代手绘表现技法”的误区，以适应当下企业服务方式的现状。企业在激烈的市场竞争之中，逐渐改变了过去“坐等顾客上门”的服务经营模式，要求设计师走到顾客终端上门服务，因此对设计师的要求越来越高。在服务过程中，以手绘快速表现方式，为客户提供设计草图并进行沟通和交流，以满足客户的个性化要求，成为环境艺术设计行业的流行趋势。本书试图将环境艺术设计手绘表现的实际操作案例融合到专业教学之中，将手绘表现与专业的知识链条套牢，培养符合市场需求的合格人才。

参 考 文 献

1. 王宝桥，王绎思 . 艺术专业毕业设计与就业指导 [M]. 上海：东方出版中心，2008.
2. 中国征集网 http://www.zhengjicn.com/
3. 中国设计之窗 http://www.333cn.com/
4. 中国设计在线 http://www.cn.dolcn.com/
5. 视觉中国 http://www.chinavisual.com/
6. 中国艺术设计联盟 http://www.arting365.com/
7. CI 网 http://www.asiaci.com/
8. 中国包装设计网 http://www.chndesign.net/subject/
9. 5D 互动论坛 http://www.5d.cn/bbs/
10. 艺术设计 http://www.arter.cn/Index.html

后　　记

环境艺术设计手绘表现的教学有别于普通文理学科的教学。它以市场为导向，直面市场，服务地方经济，深入公司和企业，融入社会的办学特色，以培养实用创新型人才为目标，注重创新思维能力和实践能力的培养，使学生成为掌握一定专业理论知识和实践能力、适应社会主义市场经济发展需要的第一线实用创新型人才。基于此，为积极应对市场需求，解决当下实用创新人才培养教材资源不足的问题，我们策划编纂了这套具有针对性的系列教材。从夯实专业基本，到强化专业技能，将传统的手绘表现与专业教学紧密地结合在一起开展教学，培养“实用、够用、管用”的创新型人才。

本书从设计与表现的构图、配色，到技法辅导，环环相扣，室内、建筑和景观设计表现的融汇及成果展示互为支撑，运用案例导入的方法阐述了设计与表现与专业融合的方法和技巧，追求清晰明了、实际应用的效果，直观易懂、轻松好学。

在编写过程中，参考和引用了众多专家、学者的专著和图片，以及无法注明的网络作者的文献资料，未能一一列明，敬请原谅。

感谢为本教材提供大量优秀作品的西安美术学院建筑环境艺术系的高绪、黄亚栋、王晓、石江涛、霍晓霞、孟娇、陈海翔和湖北美术学院的王岚等同仁。因为他们的大力支持和鼎力相助，该教材才能顺利完成。

因时间仓促，不妥和错误之处难免，恳请不吝赐教。

王宏榜